おあとがよろしいようで

喜多川泰

幻冬舎

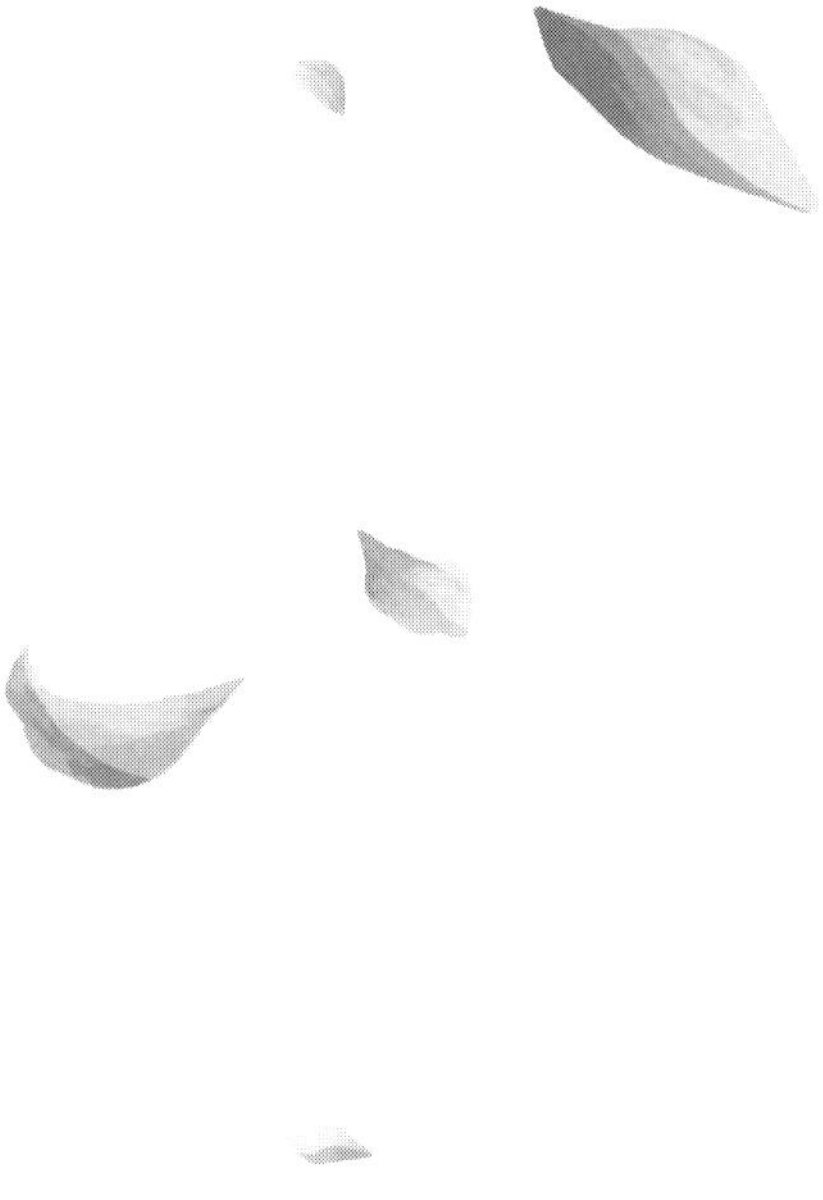

イラスト　草野碧　　デザイン　bookwall

まくら

門田暖平《かどただんぺい》は満開の桜並木を歩きながら、冷たい春の風に背中を丸めた。

晴れてはいるが強い風が満開の桜の枝を揺らし、花びらが舞っている。

入学式というイベントの一風景としては最高だが、そんな景色を楽しむ余裕は暖平の心のどこにもなかった。

群馬から上京してきた暖平にとって、誰一人知っている人がいない土地での生活が始まる。果たして大学でうまく友人ができるのかすらわからない。

一人暮らしを始めて十日ほどになるが、その間、誰とも口をきいておらず、知り合いがいない場所に一人でいるだけで、これほど自分というものを小さな存在だと感じるものかと驚いていた。もちろん、元々自分なんて小さい存在だと思っていたが、自分の暗く、ネガティブな部分ばかりがより一層色濃く出てきた十日間のように感じる。

「おそらく、これが本来の自分なのだろう」

だから、こんな自分に新しい友達なんてできるのか、と不安になっているのだ。

とはいえ、自分を偽って無理したキャラで友達をつくるのも嫌だ。

「最悪、四年間一人でもいいか」

心の中では、そう覚悟している。

どうせバイトに明け暮れることになる。

友達をつくる上で役立つ、部活動やサークル活動などはするつもりがない。そもそもそんな金銭的余裕はないのだ。

上京貧乏学生はつらいよである。


元々やりたいことがあって来た大学じゃない。

高校の成績で受け入れてくれる大学を探してもらって、推薦で合格を得た。

暖平の中にあった唯一の条件は「都会の大学」である。東京の大学ならどこでもよかった。

早く実家から出て、一人暮らしがしたかっただけだ。

どうせ一人暮らしをするのであれば、都会の方が、何か面白いことがあるだろう。

ただそれだけの理由で選んだ大学だ。

将来やりたいことがあるわけでもないし、自分が何に向いているかもわからない。

あわよくば、大学初日の今日、

「気が合いそうな誰かが向こうから話しかけてくれて、仲良くなれればいいのに」

そう思っているのだが、それに期待しすぎないようにするために、先に心の中で期待通りにならなかったときのための予防線を張っているのだ。

「どうせバイトばっかりだから、大学に友達はできなくてもいいや」

と。


同じ方向に向かう新入生たちが作り出す微妙な距離感が、誰もが同じような気持ちなのを表している。晴れて大学生になれる入学式だというのに誰もが暗い顔に見えた。

そして誰もが新品のスーツが似合っていない。

そう感じて横を見た。

通学路の民家の窓に映っている自分の姿が見えた。

「俺の方が似合ってないわ」

田舎で買ったスーツは、

「都会に行くなら、ちょっとオシャレなデザインにしておかないと馬鹿にされるからね」

とおばさん店員に薦められるがままに買ったベージュの凝ったデザインで、紺や黒のスーツばかりの新入生の中で一際浮いていた。

暖平は心の中で舌打ちした。

「あのおばさん！」

正門前には、立ち止まって親にスマホで記念写真を撮ってもらっている新入生もいたが、暖平はそのまま通り過ぎた。親は仕事で出席しないし、自撮りでそれをやるようなテンションじゃない。まあ、親が来なかったということだけが暖平にとっては唯一の救いではあったが。大学にまでついてこられたんじゃあ気が滅入る。
春の冷たい風がスーツをはためかせた。
暖平はスラックスのポケットに手を入れて、一層背を丸めた。

おあとがよろしいようで

第一席　強情灸《ごうじょうきゅう》

暖平は正門を入ると、大きな案内板の前で立ち止まって入学式が行われる体育館の場所を確認した。遅刻をしてはいけないと早めにアパートを出たが、早く来たところで話ができる誰かがいるわけでもないし、自分の教室というものがあるわけでもない。

やることもなく、居場所もなく過ごさなければならない一時間というのは本当に長い。

一歩大学内に入ると、門の外とは違う賑やかさがあった。

新入生勧誘のために運動部やサークル、同好会といった団体がそれぞれ看板を設置して、パフォーマンスやビラ配りをしながら声を上げている。

近くを通る新入生は片っ端から声をかけられて、人だかりに吸い込まれていく。

あちらこちらで説明を受けているスーツ姿の新入生を取り囲むユニフォーム姿の上級生、といったグループができていた。

もちろん勧誘される側も、ある程度は初めからお目当てがあるようで、興味のないところは素通りして、キョロキョロしながらそのお目当てを探している。

暖平も歩くそばから声をかけられた。

「アメフトやってみない？」

「高校んとき、運動してた？」

「テニスサークルならうちがいいよ」

「飲み会めっちゃ多いよ。そういうの好き？」

「ギターを弾いてみない？」

他にも、フォークソング、軽音、ダンス、山岳、ロボット、漫画、アニメ、鉄道、英会話、アイドル、麻雀、変わったところではダム研究会からも声をかけられた。

そのたびに、暖平は苦笑いをしながら、

「お金かかるの無理なんすよ」

「自分、ちょっと興味ないんで」

「バイト忙しくって、時間ないんで」

と逃げるように人の輪から離れていった。

ようやく人だかりを抜けて、誰からも声をかけられないところまで来ると、暖平は振り返った。

正門前まで、自分と同じ不安げな顔をしてそれぞれが一人ぼっちを噛み締めながら歩いていた新入生たちは、その多くが自分を受け入れてくれる安寧の場を見つけたことに笑みを浮かべ、上級生の輪の中に収まっている。

ふと気がつくと、ここまで歩いて来たのは自分だけだった。

「おい！」

暖平は大きな声に反応して振り返った。

「おい！　てめえ、うちの前を素通りはねえだろうよ」

春の風が地面に降り積もった桜の花びらを舞い上げた。

十メートルほど先に一人の女性が立っていた。着ている洋服から新入生じゃないことはわかる。

いかにも都会の人という感じのファッションで、その雰囲気が新鮮だった。

少なくとも暖平にはそう思えた。

無造作に束ねた髪とスプリングコートが風になびいている。

鼻筋が通った横顔は一見すると日本人離れしていて、透き通るような肌の白さに思わず見惚れてしまった。

笑みを浮かべた横顔のその視線の先を見やると、芝生の中に敷かれたレジャーシートの上にちょっとした台が造られていて、その上に着物姿の男が正座をしてこちらを見ていた。

「おう、寄ってけよ」

暖平は自分に言われたと思って、

「いや、自分は」

と返事をしかけたが、その男は構わず話を続けた。

「そうかい。じゃあ上がらしてもらうよ。いや俺ぁね、近頃塩梅がよくねえから、峰の灸ってやつを据えてきたんだよ」

「落語？」

暖平は、その声は自分にかけられたのではないことに気づき、思わず苦笑いをした。ただ、その着物の男性と目が合った手前、その場を立ち去るのは悪い気がして立ち止まってしまった。

暖平は、それまで落語など聞いたことがなかったが、その男は桜吹雪が舞う肌寒い青空の下、透き通るような声と鼻にかかるような別の声という二つの声を使って話をしていた。

本当に二人の人間がいて会話をしているように見えてくる。

「この町内では俺がいの一番に据えようって思ってたんだよ。よりによっておめえに先こされたってぇのが悔しいねぇ。で、どうなんだい」

「どうもこうもねえよ。俺だから我慢できたんだぜ、あれは」

横にいる女性が笑ったのが暖平の目に入って、思わずそちらを見た。

女性もその視線を感じたからか暖平の方を見た。二人の目が合い、暖平は微笑んだ。女性もほぼ同時に微笑むと、すぐに先ほどと同じように落語をしている男の方を見た。その場に立って落語を聞いているのは二人しかいない。

芝生の上で三人が、落語をしている男を頂点とする微妙な距離の二等辺三角形を作ったまま、春の風に吹かれていた。

このまま落語を最後まで聞いていたら、終わった後に、

「落語好きなの？」

とその女性から話しかけられそうな気がした。そうでなくても、

「落語好きなんですか？」

とこちらから話しかけてもいい。

暖平はその男の落語を聞き続けた。

男の横には名前が書かれた和紙が木の台に貼り付けられている。

「ぶんしゃくてい　なへき？　な……？」

『文借亭那碧』と書いてあるのだが何と読むのかわからない。

読み方を考えながら話を聞いていたが、徐々に話に引き込まれていき、いつの間にか自分も長屋の二人のやりとりに聞き入っていた。長屋の同じ部屋に自分も座って話を聞いているような感覚だ。

強情っ張りが灸を山盛り手に載せる。暖平は灸など据えたことがないから、その熱さは想像

するしかないが、そんなに山盛り載せるもんじゃないのは伝わってくる。

「おいおい大丈夫か？」

なんて思いながら見ている時点で、ないはずの灸がそこにあるような気になっているのだ。

「こんなものは、何てぇことねえんだよ。おめえ、石川五右衛門を知ってるか」

火はついたが、灸を山盛りに載せているので肌まで遠く、まだ熱さが伝わってこないのだろう。時間の経過とともに話し続ける強情っ張りの様子を暖平は固唾《かたず》を飲んで見守るようになった。

「くるぞ、くるぞ！」

男の顔色が紅潮し、坊主頭に汗が浮かんできた。

「きた！」

暖平は心の中で言った。

「こんなものは、……あっ！　あっ！」

必死で我慢する男。

顔は一層真っ赤になり、頭の汗が顔にも流れた。

「ガッ、ダァ～」

とうとう我慢できなくなって灸を払い落とす男。

「何でぇ、熱いんじゃねえかよ」

「いや俺は熱かねえが、五右衛門はさぞ熱かったろう」

そう言って頭を下げた。

暖平は拍手をしようとしたが、隣にいたはずの女性がいつの間にかいなくなっていることに気づいて、慌てて、自分もペコリと頭を下げてその場から逃げるように立ち去った。

「拍手くらいした方がよかったかな」

と思ったが、ぐずぐずしていると勧誘されてしまうような気がして、申し訳なさを感じながらも振り返らずに早足で歩き去った。

「危うく勧誘されるところだったよ」

心の中でそう思ったが、隣の女性がいなくなったことに気づかないほど、話に引き込まれてしまったことが、何よりも意外だった。

★

アパートに帰ってきた暖平はスーツを脱ぐと、それを敷きっぱなしの布団の上に無造作に投げて、ラフな格好に着替えた。壁の時計を見ると十六時を越えたところだった。

頭の中で時間の計算をすると、

「間に合うな」

と判断して、すぐに外に出た。

今頃、同じ学科の新入生たちは新入生同士の懇親会とやらに出かけて仲良くなっているのだろう。暖平も誘われたが断った。

入学式を終えて、自分の学科のクラスに移動して初めてクラスメイトと顔合わせをした。

一つ上の学年の同じ学科の先輩が司会者となって歓迎会を進行してくれていた。

会はお決まりの自己紹介から始まった。

誰もがお互いのことを知らない中での自己紹介なので、緊張しているのがわかる。

ちょっと調子に乗って面白いことを言おうとしてスベる奴もいれば、しっかり笑いを取る奴もいる。

大体が、名前と出身の都道府県、高校時代の部活、趣味、大学に入ってどんなサークル・部活動をやろうと思っているのか、そしてちょっとした将来の夢を話して終わる。

浪人を経験した者は、

「実は、ちょっとだけみなさんよりお兄さんです」

などと言うのが常だった。

暖平の名字の『門田《かどた》』はカ行なので、比較的早めに自分の番が来た。

自己紹介は誰よりも短いものだった。

「門田暖平です。群馬県出身です。えーっと趣味は特にありません。えー、高校時代も特に部活とかもしてませんでした。あのー、まあ、えーよろしくお願いします」

人前で話をするのが苦手だ。

自分らしく振る舞えなくなるのも嫌だし、中途半端な愛想笑いが浮かんできて、そのことを後から思い出すだけで結構深く長めの自己嫌悪に陥る。

今日のもそうだ。酷い。

うまく話せなかっただけじゃなく、誰の記憶にも残らなかったであろう内容。それにもかかわらず緊張していたのがバレバレの立ち居振る舞い。今思い出しても恥ずかしくってしょうがない。自分の番が終わった後は、しばらく人の話など頭に入ってこなかった。

どうしてそんなふうになったのか。自分でもわかっている。

小学校五年生の頃だ。担任の先生が結婚することになった。式の前日はその先生が休みだったのだが、隣のクラスの先生がやってきて、

「結婚式でサプライズをしたいから、これからみんなに一人ずつお祝いのメッセージを話してもらいたい」

とビデオの準備をし始めた。

教室は緊張で一気に沸きたった。

あちこちから、

「何喋《しゃべ》ろ」

という声が聞こえてきていたが、暖平は何を喋るかよりも、自分が被写体としてビデオに撮られるということを楽しみにしていた。もちろんホームビデオやちょっとした動画で家族に撮

られたことはあるが、こうやってカメラ目線で撮影などしたことがなく、なんとなくテレビに出る人みたいでちょっと特別な気がしたからだ。

緊張でいつもとは違う雰囲気になるクラスメイト。ちょっとしたことで起こる笑い。撮り終えた瞬間に解放されてハイになる人。興奮と歓喜の時間が過ぎていった。暖平も自分の番を無事終えた。

何を言ったか覚えてはいないが、そこそこの笑いも取り、席に戻るときに目が合ったクラスメイトが親指を立てて「ナイス！」と言ってくれた。我ながら満足だった。

全員が撮影を終えたあと、先生が、

「時間があるから今のやつ見るか？」

と言った。

誰もが、

「見たい」

と言った。

もちろん暖平も見たかった。

何より自分が何を言ったかを確認しておきたかった。

ビデオがモニターに繋がれて再生が始まった。先ほどよりも興奮した子どもたちにより教室はお祭り騒ぎになっていた。

「次だ」

そう思った瞬間、画面に暖平の顔が映し出された。

それから後のことは、あまりよく覚えていない。すべての声が遠ざかっていき、まったくの無音の中にいたような気すらする。

ただ消えて無くなりたい。そう思った。

画面に映った奴は、誰よりも挙動がおかしく、落ち着きなく上着の裾を握ったり放したりを繰り返しながら、うわずった声で、目を泳がせながら、何かを早口で捲《まく》し立てた。気持ち悪い声で、滑舌が悪く、暖平には何を言っているのかうまく聞き取れなかったのだ。

「あれが俺なのか」

最初はビデオのマイクの故障だとすら思った。

でも、自分以外のクラスメイトの声はいつも聞いている声だった。

「どうやら、先ほどの声が周りがいつも聞いている自分の声らしい」

そのことが徐々にわかってくると、暖平はそれを受け入れるのが嫌でたまらなくなった。

「俺はあんななのか」

その衝撃はあまりにも強く、暖平はその日から三週間ほど誰とも口をきかなかったし、授業でも手を挙げて発言しなくなった。

何しろ知らないのは自分だけで、周りはみんなあんな自分をずっと見てきたのだ。

地元の中高時代の同級生は暖平のことを、無口でおとなしい性格だと認識しているだろう。

あの日を境に変わったのだ。人前に立って目立つことは極力避けるようになった。

大学に入って最初の自己紹介が、これからの大学生活を占う上で重要なイベントだということはなんとなくわかっていた。最初に友人ができれば四年間楽しいだろうし、できなければその後どこかで友人をつくるのは自分には難しそうだと、これまでの経験から知っている。

でも、自己紹介であんな姿を晒すくらいなら、四年間ずっと一人でいた方がマシだと、心の中の天秤は瞬時に判断した。

どうせ部活動をやるつもりもなければ、どこかのサークルに入るつもりもない。日々、バイトバイトの貧乏学生なのだ。楽しいキャンパスライフなど望んでいない。今まで同様、一人で気ままに過ごすのが一番楽だ。


暖平は秋葉原に着いた。

「アキバ」

と呼ばれるこの街に集まる人が作り出す雰囲気にも暖平は馴染めない。

道ゆく人の多くは、自分の「好き」に対してとてもストレートで、自分がどう思われるかを気にしていないように見える。

思わず二度見したくなるようなプリントのTシャツを着ている人とすれ違うたびに、ここは自分の居場所じゃないと強く感じた。

ある意味羨ましく思う。

「あんなふうに、他人にどう思われるかを気にしないで、自分の好きに対してストレートになれたら、どれだけ人生は楽だろうか」

誰に何を言われても貫きたいと思えるほどの「好き」が暖平にはないのだが。


この街に来た目的は「こたつ」だった。

一人暮らしにどうしても必要なアイテムとして「机」を買わなければならなかった。

大学生である以上勉強する場所の確保は必須だ。まさかすべてを床や布団の上で済ませるわけにもいかない。とはいえ、間取り的に学習用の机を置く場所を確保するのも難しい。そこで考えたのが「こたつ」だった。こたつなら、学習用にも使えるし、食卓にもなるし、くつろぐためのソファもいらない。友人が泊まりにきたときの布団すら必要ないかもしれない。一台数役だ。まあ、友人ができれば、ではあるが。

家電と言えば「秋葉原」くらいしか浮かばなかったのでここに来たが、考えてみればわざわざ電車でここまで来なくても、近所にこたつを売っている店はあったような気がする。

そうでなくてもネットで買い物もできる。

それでもまあ、東京に出てきたからには「行ったことある街」にはしておこう、くらいの軽い気持ちだった。もう来ることはないだろう。

とは言え大規模電器店を見て回るのは楽しい。

目当てのものはこたつだが、それ以外のものばかりが目に入ってくる。欲しいものはたくさんあるが、どれもこれも置く場所もなければ、今の暖平にとっては高価過ぎるものばかりで手

が届かない。テレビですら、

「しばらくバイトでお金を貯めたら最初に買おう」

といった有様で、それがいつになるかも不明だ。

ただそうやってこれからの一人暮らしの生活の中で買い揃えていく優先順位を考えるだけで、少しだけ夢が膨らむような気がする。

そのことをもって実際にここまで足を運んでよかったと思い込むことにした。


こたつは二択だった。

季節が外れているせいかデザインが選べるほど豊富なわけではない。

元々こだわりなどはなく、天板が正方形で予算内で買えるものであればなんでもよかったのだが、高い方は、ヒーターの部分が足を入れても邪魔にならない作りになっている。どちらも手持ちの金で買えるのだが、高い方だと送料を入れると足が出た。

店員は、

「ずっと使うことを考えると、この差額をケチらない方がいいと思いますよ。足を入れたときのストレスが全然違いますから」

と、高い方を薦めてきた。

暖平もできることならばそちらを買いたいのだが、ない袖は振れない。

「実際、こちらがこの値段なのは在庫がなく、現品限りだからっていうのもあるんですよね。

ずっと展示していたものだからものすごくお安くなっているんです」

実際に価格表示を見ると定価の半額近くになっている。お買い得なのは間違いなさそうだ。

「これ、持ち帰りってできますか?」

暖平は恐る恐る聞いてみた。

「お客さま、お車ですか?」

「いえ、あの、電車なんですけど」

店員は一瞬怪訝そうな顔をしたのを、暖平に悟られまいとしてか、すぐに笑みを浮かべ、商品のこたつを手で持ち上げると、

「大丈夫かな」

と独り言のようにつぶやいて、

「よろしければ持ち運びできるようにお包みしますよ」

と笑顔を見せた。

暖平は思わず、

「お願いします」

と伝えた。

外に出るとすっかり日が暮れていたが、街の灯りが輝いていてお祭りのような賑やかさだった。

道ゆく人たちのほとんどが、暖平とすれ違うたびに二度見をした。

暖平は恥ずかしさと、ぶつけるあてのない怒りを抱えながら駅へと急いだ。

こたつの天板と机部分を縛り付けて固定し、背負えるように両肩に通すための紐をつけてくれている。ご丁寧に肩に当たる部分には痛くならないように梱包用のプチプチがぐるぐる巻きにしてあった。

こたつを亀の甲羅のように背負っている奴なんて、さすがのこの街にも暖平一人しかいない。あまりにも恥ずかしかったので、背負うのではなく、手で持ってみようと何度か挑戦してみたが、悔しいけれども背負う以外に長い距離を持ち歩くことなどできなかった。かといって、配送してもらうには手持ちが足りない。そもそも、持ち帰りたいと言い出したのは自分だ。

「どうせ一生会わない奴らだ」

と自らを鼓舞し、すれ違う人たちの視線を無視して駅へと急いだ。

駅の近くまでやって来た暖平は足を止めた。

頭上のガード上に駅から発車したばかりの総武線の電車が見えた。

「マジか」

帰宅ラッシュの時間になっているからだろう、電車の中は隙間もないほど人でいっぱいになっている。都心のラッシュを見たのはそれが初めてだった。

「あんなに混むの？」

駅に向かう人の流れも途切れることなく続いているところを見ると、これからしばらくあの混雑は続きそうだ。あの人混みの中にこたつを背負った人間が入る余地などないだろう。

「空《す》く時間帯まで待つしかないのか」

歩道の脇にこたつを一度おろして、考えることにした。

こいつを背負ったままでいるのはあまりに恥ずかしかった。

途方に暮れたまま、しばらくの間、歩道からガード上を見上げていた。

次の電車も先ほどに勝るとも劣らない混み具合だった。

暖平の思考は停止したままだったが、車のクラクションの音がして通りの方を見た。

反対車線の歩道の脇に一台の白い軽のバンが止まっていた。車体の横には「菅原米穀店」と書いてある。

運転席の窓からこちら側に向かって笑って手招きしている帽子を被った若い男が見えた。

暖平は一瞥してから、また先ほどと同じようにガードの上を見上げたが、もう一度その車がクラクションを鳴らした。

そのたびに多くの歩行者が車の方を見る。

「誰かわかんないけど、早く気づいてやれよ」

暖平はそう思い、あたりを見回した。

車の男が手招きしている相手がまだ気づかないのだろうと思っていたそのときだった。

「お前だよ。こたつのあんちゃん」

暖平は慌てて車の方を見た。

人差し指を自分の方に向けて、

「俺ですか？」

とジェスチャーで示してみると、その男は笑顔で大きく三度頷いた。そして、相手もジェスチャーで、

「それを持って来い」

と暖平に伝えているように見えた。

どうやら運んでやると言っているようだ。

暖平は何が何だかよくわからないまま、歩道に下ろしたこたつを背負い直して三十メートルほど先にある横断歩道に向かった。

信号が変わって渡っているときに車の方を見ると、男は運転席から降りて、バンの後ろの部分を開けてくれていた。帽子を被っているのではっきりとは言えないが、悪い雰囲気の人ではなさそうに見える。

「困ってんだろ。乗っけてってやるよ」

男は楽しそうに笑いながら言った。

「いいんですか？」

暖平の言葉に返事をする代わりに、男は暖平の背中からこたつを剝ぎ取って、バンの後部に押し込んで扉を閉めると、後ろから車が来ていないかを確認して車道側から素早く運転席に乗り込んだ。

暖平は慌てて助手席に飛び乗った。

車は暖平が乗った瞬間に動き始めた。行き先を告げてもいないのに動き出してしまったので暖平は慌てたが、

「国分寺の方向でいいんだろ」

とその男が言ったことに驚いた。

「は、はい」

暖平は恐る恐る返事をしたが、男は声を上げて笑った。

「何で知ってんだって顔してるなぁ。そう驚くなって。さっき会ったからだよ、大学で」

そう言いながら男は帽子をとった。

「あ……」

坊主頭を見てようやく暖平は目の前の男のことを思い出した。

「さっきは着物だったから気づきませんでした。あの……大学で落語をしてた……えっと、ぶんしゃくてい……」

「あれは、『あやかりてい』って読むんだ」

「そうなんですか」

「『あやかりてえなあおい』ってのが俺の芸名」

暖平は字を思い出していた。どう読むのかわからなかったからか妙によく覚えている。

『文借亭那碧』

と書いてあった。

「あの、ありがとうございます。ええと、文借亭師匠」

男は笑った。

「師匠じゃねえよ。碧《あおい》さんでいいよ。本名は碧だから」

「はい」

「名前は？」

「あ、門田《かどた》っていいます」

「カドは、門《もん》？　角《かく》？」

「門《もん》の方です」

「下は？」

「暖平《だんぺい》です」

「門田《かどた》暖平《だんぺい》。……いい名前だな。すぐ覚える」

「ありがとうございます」

「それにしても、こたつ背負ってる奴は初めて見たな。あんなリアルな『与太郎』見たのは初めてだよ」

「与太郎？……まあ、仕方なく」

暖平は、こたつを背負わなければならなくなった経緯を碧に説明した。

碧は運転中だったので、前を向いたままだったが、暖平の話を笑って聞いてくれた。

「そりゃあ、店員に騙されたな。店員も面白半分で田舎モンをからかったんだよ」

碧が絶妙なタイミングで合いの手を入れてくれるので、暖平は饒舌《じょうぜつ》になっていった。

「地元は？」

「群馬です」

「え！　群馬のどこ？」

一瞬、碧の目が輝いたように見えた。

「前橋ですけど、もしかして碧さんも群馬なんですか？」

「俺？　名古屋」

暖平は思わず苦笑いをした。

「車に乗ってるからてっきりこの辺の人かと思ってました」

「これはバイト先の。別の大学に通う地元の友達が運んでほしい荷物があるってんで借りたんだよ。その帰りに偶然お前を見つけたの」

「そうなんですね」

「そうなんです」

碧は笑った。暖平は澱みのないその笑顔に妙に惹かれた。

「地元の大学は考えなかったの？」

「そうですね。早く家を出たかったので」

「どうして？」

「何ででしょうね。実家は自分家《じぶんち》で商売やってるんす。朝から晩まで親が家にいますから窮屈だったというか、一人になりたかったというか」

「なるほどね」

碧は視線は前に向けたまま、何度か深く頷いた。

「商売って？」

「写真館です」

「ほう。じゃあ大変なんじゃないの今の時代。だって、みんなスマホ持ってるでしょ。カメラ持ち歩いてるようなもんじゃない。わざわざお金払って撮ってもらったりしないでしょ」

暖平は車窓に流れる夜の都会の灯りをぼんやりと見ていた。

「どうなんですかね。その辺のことはわかんないですけど、まあ、親父は仕事もらうために必死すぎて、こっちが引くレベルなんですよね。それが地域でも有名で、恥ずかしくて地元にいたくないんすよね」

「いや、それはでも必死になるでしょ。息子を都会で大学に行かせるためだもん。でも、お前の気持ちもわかるけどな」

碧は何かを考えているのか、しばらく黙り込んだ。

高校時代は受験に専念するという名目のため帰宅部だった暖平には、直接関わる先輩というものがいなかった。実際には人と関わるよりも一人でいる方が気楽だし自由だったから部活に入っていなかっただけだ。

そう思うきっかけを作ったのは、中学時代のサッカー部の先輩だ。彼らは暖平に対してただ威張り散らすだけの存在だった。一年あとに生まれたというだけで、耐えなければならない理不尽が繰り返される日々。仲良く話せる先輩など皆無だった。

ところが目の前の碧は、暖平がこれまで出会ったどの先輩とも違う優しさを持っている。

「じゃあ、大学卒業しても地元には帰らねえつもりなんだ」

「いやぁ、どうでしょう。正直、大学卒業後のことはまだ何にも考えてないんですよね。やりたいこともないし、将来の夢とかもないですし。そもそも自分のように何の才能もなく、特に特技もない奴は何に向いてるかもわかんないですし、まあ、こんな世の中ですから、少しでも安定している就職先を探して、そこに入ることになるんですかね。でも、いわゆる『コミュ障』っていうんですかね、人と関わるのも苦手なんで、普通の会社で仕事ができるかもわかんないですけど」

「おいおい、新入生の割に覇気がねえなぁ。せっかく東京に出てきて学生時代を過ごすんだからもっと明るい未来をイメージした方がいいんじゃねえか？」

暖平は苦笑いをした。

「楽しい大学生活を送るためには、金と時間が必要じゃないですか。テニスだの、スノボだの、ギターにサッカー。何をするにも金がかかるのに、みんなやれるんですよね。すごいなぁって思いますよ。

やっぱり元々金持ちに生まれると、人生かなり有利ですよね。

俺ら田舎から出てきた奴は、そこに至るまでに何年もかかるんすよ。なのに『テニスやろうよ』『飲み会たくさんあって楽しいよ』なんて、誰もがそれをやる金銭的余裕がある前提で話しかけてくるんですから。そんなキラキラした顔で勧誘されても……って思っちゃいますよ。まあ、お金があっても、俺はそもそもああいったノリが合わないんで入っていけないんですけどね。飲み会とかも嫌だし、大勢で楽しくってのも苦手なんですよね」

暖平は窓の外を眺めながら言った。

道が混んでいてなかなか前に進まないので、ついつい口数が多くなる。こんな内容でも、乗せてもらったお礼に相手を退屈させてはいけないと必死で話をしている。暖平なりの気遣いであった。

暖平は一つ大きなため息をついた。

「大学時代はずっとバイト、ずっと一人がいいんすよ。自分の性に合ってます」

「なるほどね。それでサークルに勧誘されねえように、逃げるように立ち去ったってわけか。気持ちはわかるぜ貧乏青年。俺もおんなじだ。地方出身の貧乏学生だから」

碧は嬉しそうにそう言った。

「そうか。じゃあお前、落語研究会に来い」

「え？」

「うちの落研はお前みたいな奴のためにあるんだよ」

「俺みたいな……ですか？」

碧は笑みを浮かべたまま運転を続けた。

「落語は、バイトしながらでもできるんですか？」

暖平は沈黙を破るために聞いた。

「ああ。できるよ。落語は貧乏学生にはもってこいだよ。必要なのは扇子一本だ。着物は余ってるし、あとは座布団さえあればどこでもできる。おまけにうちの大学の落研は変な伝統とかがなくて自由だしな」

「そうなんですか？」

「ああ、何てったって、俺が作ったんだから」

照りつけられた対向車のヘッドライトに眩しそうな目をしながら、碧はもう一度言った。

「お前も来いよ」

碧は終始笑っていた。

「せっかく田舎から出てきたのに、こたつで四年間過ごすのはもったいねえよ」

「さすがにずっとこたつに入っているわけじゃ」

暖平は苦笑いした。碧は驚いてみせた。

「俺はてっきり、ずっとこたつを背負って歩いてるからこたつが友達なのかと思ったぜ」

暖平は笑った。窓の外の都会の景色を見た。

確かに碧の言う通りだ。ここで動かなければ四年間こたつから出ないような大学生活になるのかもしれない。

「落語って、初めてでもできるんですか？」

碧は笑った。

「初めての人ができないものってあんの？　それってみんなどうやって始めたんだよ」

「え……確かに」

碧にとっては軽い気持ちの一言だったのかもしれないが、暖平にはなぜかこの言葉が深く心に突き刺さった。

「考えときます」

と返事をしようと思った瞬間だった。

「今は返事しないでいいよ。気が向いたら大学で会ったときに俺に声をかけな」

暖平は、

「わかりました」

と言って頷いた。

春の冷たい夜風が少しだけ開けた車の窓から入ってきて、暖平の前髪を揺らした。

東京で、今日会ったばかりの人の車に揺られている自分の姿は田舎にいるときには想像できなかった。

ようやく自分の大学生活が始まった気がした。

第二席　やかん

自分の教室に先生が交代でやってくる高校までの授業スタイルと違い、大学には自分の教室というものがない。自分が履修する授業が行われる教室にその都度移動することになる。

本格的な授業が始まる初日だというのに、同じ学科内には、数名ずつのグループがたくさんできていて、移動時間には、そのグループで行動する者がほとんどだった。どうやら同じ部活やサークルに入る者たちで仲良くなり、早速いろんな授業の情報を共有しているらしい。

暖平は次の授業がどこなのか、いちいち自分で確認をしなければならなかった。今朝の二限目は、大きな集団の後についていったのだが、自分の履修する授業とは違っていたようで、慌てて自分の教室を探して、別の棟まで相当な距離を走らなければならなかった。

初めて会う人たちにどう接していいかわからない。

長年の悩みだ。

心から理解し合える友人がいればいいのにとは思う。

でも、自分のキャラクターを崩してでも、自分の方から話しかけて友達をつくりたいとは思わないという頑なさが暖平の中から消えることはない。

初めて会った者同士がグループを作って仲良く話している姿を見ると、

「そこまでして友達って必要かね？」

と拗《す》ねた見方をすることで、自分を落ち着かせることが昔からの癖になっている。

そんな自分の性格を嫌悪し、嫌悪し続けることに疲れ、それが自分だと開き直り、「一人でいるのが好きだ」と決めることでなんとか自分を嫌いにならずにすむ場所に止まっていられる。

そんな自分ともう何年も付き合ってきた。


二限目が終わり、誰もが食堂へと足を向ける中、暖平は裏門の方に歩き出した。

人でごった返している学食で一人で昼食をとる気にはなれず、かといって誰かが誘ってくれたとしてすでに出来上がっているグループに入れてもらって食べる気にはもっとなれなかった。

話題についていけずに愛想笑いをしている自分を想像するだけで嫌になる。

「外のコンビニでおにぎりでも買って、どこかの公園で座って食べよう」

キャンパス内は、勧誘する者こそいなくなったが、至る所にサークルや部活の勧誘のための看板が立ったままだ。

見るともなく眺めながら歩いていると、それらが途切れた桜の木の下、そう、入学式の日に碧が座って落語をしていた場所に「落語研究会」の看板が立っていた。

「活動場所：四号館　四〇二教室　毎火・金曜十七時～」


と書かれている。

よく見ると看板に一枚の紙が貼られ、風にはためいていた。暖平は何が書いてあるのか気になって近寄ってみた。

「待ってるぞ『こたつ』！」

暖平は胸がざわついて、思わず笑みがこぼれた。

★

夕方の四号館の廊下は窓がすべて北を向いているからか、薄暗く、冷たい空気が下の方に溜まっているような気がした。

歩く人は誰もなく、暖平の足音だけが妙に響いた。

四〇二教室の前に来た。中からは話し声は聞こえないが、電気がついていて人の気配がある。

暖平はその前を通り過ぎては引き返すということを繰り返していた。

扉を開ける決心がつかないまま、階段を下りて三階まで来たが、もう一度行ってみようと思い、階段を上がり始めた。四階に着き廊下に出ると、向こうから軽やかな足取りで一人の女子が歩いてくるのが見えた。

カバンにつけたストラップやら飾り物やらが、歩くのに合わせて音を立てるからか、鼻歌など歌っているわけではないのに、軽快な音楽が奏でられていて、それに合わせてダンスしているように見える。ショートカットの髪がステップに合わせてフワフワと跳ねていた。

その女子は四〇二教室の前で立ち止まると、入り口の扉を開けて、

「お疲れ様です」

と中に向かって声をかけた。

暖平はその様子を少し離れたところで見ていた。

「あの人も落研なのか」

心の中でそう呟いた。女子はすぐに中に入るかと思ったが扉を開けたまま廊下に立ち止まっている。暖平は歩くスピードを緩めた。

すると、その女子がチラッと暖平の方を見てから、再度教室の中に目をやったかと思うと、

「来ましたよ。こたつ」

と言った。

咄嗟《とっさ》の出来事に心臓が止まりそうになったが、間違いなく自分のことを言っているのはわかった。『こたつ』というあだ名をつけられるようなエピソードを持っている奴などそうそういない。どうやら自分はこの落語研究会の中で『こたつ』としてすでに知られているらしい。

暖平の顔がみるみる赤くなっていった。

女子は、暖平の方を向いた。

そして、満面の笑みを湛《たた》えながら、

「ようこそ、こたつ。落研へ」

と言った。暖平は苦笑いを浮かべて、曖昧に会釈をした。

そそくさと扉の前まで移動すると、小さな声で、

「失礼します」

と言って中を見た。


教壇よりもだいぶ高い位置にまで台が組まれ布が被せられるところだった。練習の準備をしているところなのだろう。

布を被せようとしているのは、細身で背が高く、メガネをかけた男で、落語どころか冗談一つ言わなそうな真面目なタイプに見える。

その横で、座布団を持って布を被せ終わるのを待っている男は、ずんぐりしていて人懐っこい笑顔が特徴的で、エネルギーに満ち溢れているといった感じが全身から伝わってくる。こちらは冗談ばかり言いそうな雰囲気で、落語家というよりもお笑い芸人に向いていそうなタイプに見えた。

二人とは離れたところに、先日車で送ってくれた碧が座っている。

三人が同時に暖平の方を見た。

逆光のせいで、表情はよく見えないが、背の高い男以外は微笑んでいるのがわかった。

「来たか」

碧は嬉しそうに言った。

「あの、はい……とりあえず、様子だけでもと思って。先日のお礼も言いたかったので」

暖平はどう答えていいか迷いながらもそう言った。

「張り紙見てくれたか？」

「あ……はい」

碧は満足そうに頷いた。

「入んなよ」

横にいる女子に背中を押されるように、一緒に中に入った。

扉が閉まると全員の視線が暖平に集まった。

どうにも居心地が悪くなり、咄嗟に自己紹介をした。

「あの、門田暖平です。落語はこれまでまったく見たことも聞いたこともなくて、この前、碧さんの落語を聞いただけです。初心者ですが、誘っていただいたので……。あの、よろしくお願いします」

「暖平って、いい名前だな。ダンは『暖かい』の暖だろ？　そんな感じの顔してるし。あったか〜い感じの」

ずんぐりした男が言った。

「まあ、そう緊張しないで、その辺に座りな」

碧に言われて、暖平は小さく会釈をしながら、椅子に座った。

長身の男が作業に戻り被せた布を整え始めた。

「正範《まさのり》、黒板にそれぞれの名前書いてやってよ」

「はい。わかりました」

碧に促されて、長身の男は、メガネを人差し指で持ち上げてから、抑揚のない低い声で返事をした。

「部員は今のところ、この四人。暖平を入れたら五人になる。俺が部長なのはもう言ったよな。名前も覚えてる？」

「はい。文借亭那碧《あやかりていなあおい》……さん」

「本当の名前は、忽那碧《くつなあおい》だから『碧さん』でもいいけど、みんなは部長って呼んでる」

「はい」

黒板を見ると、先ほどの長身の男が、チョークで四人分の名前と落語家としての芸名を書いていた。書くのが速いうえに、字が綺麗なことに暖平は驚いた。

「忽那　碧」という名前の下に（四）という数字が書いてある。おそらく学年だろう。

他の三人の名前はこうだ。

有賀　正範　（三）　有賀亭めがね
下田　健太　（二）　唐松亭下田
溝口　凜　（二）　音成屋紅葉

「僕が三年の有賀《ありが》です」

長身の男が、チョークを置きながら言った。

「本名は『正範《まさのり》』で芸名が『めがね』。部長からは『正範』、他の二人からは『正範さん』と呼ばれています」

正範はニコリともせず、表情ひとつ変えずそう言って、首の角度を少しだけ変えて会釈した。

「……よろしくお願いします」

暖平が挨拶をすると、次にずんぐりした男が口を開いた。

「俺は下田《しもだ》健太《けんた》。芸名は唐松亭下田《からまつていしもだ》。みんなからは『健太』って呼ばれてる。けど、せっかくできた後輩だから、できれば俺のことは『兄《あに》さん』って呼んでくんねえかなぁ」

早口だが、言葉がすべてしっかり聞き取れることに暖平は驚いた。

健太の笑顔に釣られるように、暖平も笑顔になった。

「わ、わかりました」

「試しに一回ちょっと言ってみてよ」

「よろしくお願いします、……あにさん」

「おおお！　この感じ。これを待っていたんですよ。人生初『あにさん』！　いやぁいい響きだなぁ」

健太は興奮気味に言った。

「よかったな、健太」

碧がニコニコしながら言った。

「はい！」

健太は腕で涙を拭う仕草をした。

「そういうのいいよ。で、最後があたし」

隣に立っている女子の声に暖平は振り返った。

「あたしが溝口凜《みぞぐちりん》。芸名は音成屋《おとなりや》紅葉《もみじ》。紅葉でも凜でもいいよ。よろしくね」

凜はにっこり笑っている。

「姉《あね》さんじゃなくていいのか、凜」

健太が突っ込んだ。

「いいの。それは落語家になって、本当に弟子ができたときのために取っておくんだから。あんたこそ、ここで『あにさん』って言われたら、本当に落語家になったときの感動が半減するよ。それでもいいの？」

「俺はショートケーキはイチゴから食べるタイプだから。美味しいことを後回しになんてしないの」

健太は先ほどから手に持っていた座布団を仮ごしらえの舞台の上で整えながら言った。

思ったより少ない部員数で暖平は安心した。

芸名はどれもダジャレのようなものばかりでどう反応していいのかわからないが、おかげで覚えやすい。

部長の「あやかりてえなあおい」は名前の忽那碧から来ているのはすぐわかる。長身の「ありがていめがね」も名前が有賀だからで「めがね」は見たままをつけられた感じ。おそらく飲みの席での部長の悪ふざけか。無口な人だが、悪意を感じないし嫌味がない。二年の「からまつていしもた」も下田という名字だけからインスピレーションを得て、適当につけた感がすごい。

唯一の女子、「おとなりやもみじ」だけが、まともと言えばまともか。凜という名前が、鈴の音のような軽快さを感じさせるし、実際に廊下を歩いてくるときに、賑やかな音がしていた。紅葉という名は秋に生まれたからだろうか。

誰もが暖平がここに来たことを歓迎してくれているのがわかる。

暖平は初対面の人に囲まれながらも、珍しく居心地の悪さを感じなかった。

「で、どうしますか」

正範が碧の方を向いて言った。

「そうだな、じゃあ正範、『こたつ』に一席見せてやってよ」

正範は目を丸くした。

「僕がですか？　部長、演《や》らないんですか？」

「お手本としては正範のやつの方がいいんだよ。頼むよ」

正範は眉間に皺を寄せたまま、しばらく思案していた。

暖平はその様子を黙って見ていたが、どうやら自分は「こたつ」になるらしいということはわかった。あまりいい芸名とは言えないが、他の人の芸名を見ると本人に拒否権はないらしい。

ややあって、正範が、

「わかりました」

と言って即席舞台の後ろに回り、靴を脱いで上がろうとした。

「『やかん』を演ってよ」

碧の声に、正範の動きが止まった。

「『子ほめ』じゃないんですか？」

健太と凜も、「ほう」と声を出して、碧を見た。

暖平は話の内容についていけずに、言葉を発する人の方に顔を向けるだけだった。

碧が笑顔を崩さずに言った。

「今年はなんか『子ほめ』って感じじゃないんだよな。それより正範の『やかん』を聞きたいんだよ」

「はあ、……わかりました」

正範は座布団の上に上がり正座をした。

碧は暖平に向かって言った。

「今から正範が一席演るから、まずは、一つだけ覚えてみなよ」

「は……はい」

聞いただけで覚えられる自信もないのだが、「はい」と言うしかなく暖平はそう返事をした。

凜が自分のスマホを取り出して録音できるようにアプリを立ち上げ、机の上に置くと、暖平に目配せをした。

「録った方がいいよ」

と言っているのだ。

暖平は慌てて自分のスマホを取り出して録音できるようにして、凜のスマホの横に並べて置いた。

正範は『やかん』の演目を頭の中で思い出すために、しばらく両手を膝の横について俯いていたが、やがて姿勢を正して扇子を目の前に置くと深くお辞儀をした。

話し始めた正範は、先ほどまでと変わらず無表情ではあったが、澱みなく次々出てくる言葉に暖平は圧倒された。一度もつっかえることなく出てくる言葉は、

「もう一度最初から演ってください」

とお願いしてもまったく同じものが出てくるのだろうと想像できるほどの澱みなさで続いていく。

暖平は驚きから、しばらく話が頭に入ってこなかった。

「いかん、いかん。覚えることに集中しないと」

そう思い直すと、表情を硬くして、目の前の正範を見つめた。

「愚者《ぐしゃ》よ。どうした何か用かね」

「ご隠居、どうでもいいけど、あっしが通るたびにその愚者って呼ぶのやめてもらえませんかね。なんかこう、ものがグシャって潰れたような音がして嫌なんすよね。あっしにもちゃんと八五郎って名があるんですから」

「愚者だから、愚者と申しておるのじゃ」

「いつもこれだ、ご隠居は自分のことを物知りで賢いと思って、おいらのことを馬鹿にしてやがる。今日はちょっと凹ましてやろう。……いや、あのねご隠居、ご隠居は何でも知ってる物知りだから、あっしの知らないことでも知ってるかと思ってちょっと聞きたいんですけどね。魚のイワシってのがいますよね。あれ、どうしてイワシっていうんですか？」

「そんなことも知らないのか。だからお前は愚者と言われるんだよ。あれはな、イワシという魚は、もよおしたときには、『岩』に『シィ～』とやる。だからイワシというんだよ」

「……へぇ。……『岩』に『シィ～』だからイワシですかい」

暖平は思わず笑ってしまった。

正範が座って話しているだけなのに、長屋の一室でご隠居が若者に話している様子が見えてくるようだった。

正範の低く落ち着いた声によって、あっという間に暖平は『やかん』の世界に引き摺り込まれた。

他の部員はというと、健太は大袈裟に頷いたり、ところどころ感心したように首を横に振ったりしながら聞いている。その表情は「さすがだなぁ」とでも言いたげだ。

凜は最初からずっと変わらず目を輝かせながら正範の方を凝視していた。こちらは笑顔の中にも「一言も聞き逃さないぞ」という気迫のようなものを感じる。

部長の碧は全員の様子をただ見ている。

ぼんやりしているように見えるが、この教室全体の空気感が愛おしいとでも言いたげに、目を細めていた。

暖平は出会って数分ほどしか経っていない人たちに囲まれながら、これまでに感じたことのない居心地の良さを感じていた。

夕陽が四〇二教室に差し込み、それぞれの横顔をオレンジ色に染めている。

「……じゃあ鰻《うなぎ》は？」

「あれはな動きが鈍いので元々はノロといった。あるとき鵜《う》が大きな鰻を飲み込もうとしてつっかえてな。えらく難儀した。『鵜』が『難儀』したから『鵜難儀』、『うなんぎ』『ウナギ』になった」

ご隠居と八五郎の会話は続いている。

暖平は覚えようとするのをやめて、今はこの場の雰囲気を楽しむことにした。あとで録音したのを聞けばいい。

暖平のその心の変化に気づいたのか、凜が一度だけ暖平の方を向いて微笑んだ。

「それでいいのよ」

と言われているようだった。

★

スーパーで買い物を済ませた一行は正範を先頭にして住宅街を歩いていた。

「部長の部屋に行くのは一年ぶりだな」

健太が嬉しそうに言った。

「やけにはしゃいでるじゃない、健太」

そういう凜も嬉しそうだと暖平は思った。

正範だけが先ほどと変わらない無表情のまま、ただ前を向いて歩いている。

「去年も俺たちが入部した日に歓迎会を部長の部屋でやったんだよ」

人気《ひとけ》のない夜の住宅街で健太の声が響いた。

「そうだったんですね」

暖平は小さな声で言った。

「鍋なんて食べるのも一年ぶりだよ」

「そんなわけないでしょ」

凛が鼻で笑う。

「いや、ほんとに。一人暮らししてると、そうそう鍋なんてやらないもんだぜ」

「逆でしょ。一人暮らしだから鍋が便利なんじゃない」

暖平は口を挟む余地がなく、歩きながら健太と凛の顔を交互に見やった。

それにしてもスーパーのレジ袋が指に食い込んで痛い。

あとどれほど歩くのかを聞こうとしたとき、

「着きましたよ」

という正範の抑揚のない低い声がして、一行の足が止まった。

アパートを見上げる暖平の横に健太が立って、同じ方向を見上げながら、

「相変わらず雰囲気あるよな」

と言った。

貧乏学生が住む昭和のボロアパートを想像して？　と言われたら、おそらく誰もが目の前の建物を思い浮かべるんじゃないだろうか。

一階の通路の各扉の横には洗濯機が置かれていて、一つはゴーゴーと音を立てて動いている。

二槽式の洗濯機は片方の蓋がなくなっていて、すすぎ用の透明な水の中で洋服が泳ぐように回っているのが丸見えだった。

錆《さび》がひどい鉄製の階段を上がった。

四人が歩くと音が響いた。

「二階の角部屋だ」

前をゆく健太が振り返って教えてくれた。

正範が扉の前に立ち、ノックをした。

「食材買ってきました」

「おう。入ってくれ」

中から碧の声がした。

「失礼します」

正範、健太、凜の三人が口々にそう言いながら、扉の内側の灯りの中に消えていくのを、暖平は廊下から見ていた。暖平は扉の前から中を覗いた。

八十センチ四方くらいしかない靴を脱ぐスペースは、四人の靴でいっぱいで暖平の靴が入る余裕すらない。手前は台所にダイニング。すりガラスが嵌められた引き戸で隔てられた向こうが六畳間で、テーブルの上にはすでにカセットコンロと鍋が据えられていた。

「おい、突っ立ってねえで入んな」

碧に促されて、暖平は慌てて返事をした。

「あ、はい。失礼します」

散らかっている靴をできるだけ綺麗に並べて、自分の靴が入る場所を作って靴を脱いだ。

「今日は、キムチ鍋だ」

碧が嬉しそうに言った。

「お！　いいっすねぇ。俺、辛いもんが大好きなんですよ」

健太がすぐに反応した。凜はニヤリと笑うと、

「へえ、そんなこと言って、ちょっとばかり辛いとすぐ音《ね》を上げるんじゃないの？」

「あれ、お前知らないの？　俺が行ってるカレー屋ではいつも十辛頼むから」

健太の言葉に、碧が自分の膝元に置いてあったビニール袋をまさぐった。

「よかったよ。そんなこともあろうかと、これ買っといたから」

手にして見せたのは、真っ赤な唐辛子がいっぱい入った袋だった。

なんとなく過激な雰囲気を感じて暖平は苦笑いした。

「あの、食材はここに置いときますか？」

「いや、こっちに持ってきてください。早速始めましょう」

正範の言葉を合図に、

「ああ、そうだな」

と碧が言うと、暖平の入部を祝うという名目の鍋パーティーが始まった。

「ちょ、ちょっと待ってくださいよ。先に恒例のアレでしょ。こいつの名前が決まってないじゃないっすか。俺考えたんすけど、門田《かどた》って名前って『もんだ』って読めるでしょ。で、初心者だし、見習亭門田《みならいていもんだ》ってのがいいと思うんですけど」

健太の言葉に、誰もが無言で暖平の顔を見てから、目を合わせた。

「『こたつ』だろ。どう考えても」

碧の呟きに、正範と凜が頷いた。

「というわけで、ようこそ落語研究会へ、こたつ」

凜の言葉に皆がグラスを掲げた。

「ど、どうも。よろしくお願いします」

健太もしょうがなくグラスを合わせた。


キムチ鍋は碧が味付けを担当していた。

「鍋は野菜の旨みが溶け出してくるからいいんだよ。辛味も、馬鹿みたいに辛くするのは粋じゃねえよ。その旨みが引き立つちょうどいい辛さってもんがある」

そう言いながらキムチ鍋の素やら、粉末の唐辛子やらを入れて混ぜている。

言葉とは裏腹に碧の目にはサイコな輝きが宿っているようにも見える。

「こんなもんでどうだい」

碧が正範に促した。

一口啜った正範は、無表情のままちょっと考え込むと、

「これでも美味《うま》いですが、自分としてはもう少し辛い方が好きですね」

と言って皿を返した。

「そうかい」

碧はそう言って、また味を調えるべく調味料や唐辛子を入れた。碧の目が一層輝きを増している。

今度は凜が味見をした。

「うん。辛くはないけど美味しい」

そう言った。

また碧が辛味を加えた。

次は健太。

「いや、これはこれでいい感じですよね。自分がいつも食べてるカレーよりは辛くないけど、こたつにはちょうどいいいんじゃないいんですか」

と言った。

「そうかい、どれどれ」

そう言いながら、碧が自分で味見をした。

「うん。いい感じではあるが、こたつはこんな優しい辛さでいいのか？」

そう言って、暖平に野菜や豚肉の入ったキムチ鍋のスープをよそってくれた。

「ありがとうございます」

そう言って受け取ると、暖平は湯気の出る具を息で少しだけ冷ましてから口に入れた。

その瞬間、辛味が舌と目を刺激した。その後、喉が焼けるように熱くなり、舌が痺れ出した。

「グヮ～！　辛！　辛！」

と思わず口に出しそうになったが、なんとかこらえた。

四人がじっと暖平の反応を見ているが、よく見ると、誰もが額や鼻の頭に汗が粒になって浮かんでいる。本当はみんな辛いのだ。

「どうだい」

碧の問いに、暖平は笑顔を作った。

真っ赤になった顔からは瞬間的に汗が噴き出している。暖平は垂れそうになる鼻水を啜った。

「美味いっすね。先輩方さえ良ければ、俺はもう少し辛い方が好きかもしれないっすね」

暖平は覚悟を決めて、その場のノリに合わせてそう言ってみた。

碧が笑った。健太も凜も笑い出した。正範だけがまったく表情を変えていない。

「いいねぇ。そう来なくっちゃ。さあ、みんな食おうぜ」

それからは鍋から具をよそっては誰かが唐辛子を入れるということが延々と繰り返された。

五人は、頭の先から顔に流れ落ちる汗を拭くこともなく、笑ったり奇声を上げたりしながら鍋を食べ続けた。暖平も笑うしかなかった。

開け放たれた窓から、四月の夜の冷たい風が部屋に入ってくる。その冷風が心地よかった。

鍋が空になり、誰もが汗も辛さも落ち着いた頃、暖平は凜に促されてテーブル上の食器を大きさごとにまとめて片付ける準備をしていた。

正範が書棚をじっと見つめていた。

「何見てるんすか？」

横になっていた健太が上体を起こして正範に聞いた。唇が真っ赤に腫れ上がっている。

「いえ別に。以前来たときこんなCDあったかなぁと思いまして」

正範が見つめていたのはあるロックバンドのCDだった。

「今めっちゃ流行ってるバンドですよ」

「そうなんですか？」

「そうっすよ。正範さんがロックに興味があるって意外でした」

「いえ、別に興味はないですよ」

窓辺に腰掛けていた碧が立ち上がった。

「それ、俺のじゃないんだよ。それより正範。ちょっと話があんだけど」

正範は、メガネを人差し指で持ち上げてから、

「わかりました」

と言って立ち上がった。

「どっか行くんすか？」

健太が尋ねた。

「ちょっと外で、『こたつ』を何亭にするか相談してくるよ」

「部長、待ってる間、これ見てていいっすか？」

健太は棚にささっている、卒業アルバムを指差した。

「ああ。構わねえけど、知ってる奴もいねえだろうからつまんねえだろ」

「部長の高校時代を見たいんですよ」

「好きにしろよ」

碧はそう言うと、正範と出ていった。

「今のうちに片付けるよ」

暖平は凜に指示されるがままに、先ほど重ねておいた食器と、テーブルの上にあるカセットコンロや鍋などを台所の方に持って行った。凜がテーブルを拭くと、健太はその上にアルバムを広げた。

「お前らも来いよ」

「どれどれ」

凜は興味津々といった感じで弾むようにテーブルに向かった。

暖平は、二人とテーブルを挟んで反対側に座り、アルバムを逆から見た。逆さまの状態で見る写真は顔を認識するのが難しくただ眺めているだけだった。

「見つけた！」

と凜が声を上げた瞬間、健太と凜は大声で笑い始めた。

「何これ！　今の部長の写真じゃん。坊主頭だし笑えるほど今と変わってないんだけど」

そう言って笑った。

その後も健太と凜は、

「これは芸能人の○○に似てる」

とか、

「この人イケメン」

などと声を上げながらアルバムを見ている。

やがて最後のページまで一通り見終わると、アルバムを閉じて暖平の方に差し出した。

「お前も見る？」

「え？　ああ。はい、じゃあ」

暖平はアルバムを受け取ってページを開いた。

正直、知っている人が一人しかいない卒業アルバムを見て何が面白いのか、暖平にはわからなかったが、だからと言って断る理由はない。

「それにしても、部長と正範さん遅いわね。どこ行ったんだろ」

凜が窓の外を見た。

「さあな。近くのコンビニでコーラでも飲んでんじゃないの？　ああ見えて、部長、実は辛いの苦手だから」

健太がそう言ってケタケタ笑った。

凜は、健太の言葉を無視するように窓から下の通りを眺めて碧と正範の姿を探していた。

「それにしてもお前、随分真剣な顔して部長の卒アル見てるな。誰か知ってる奴でもいたか？」

　健太の言葉に、暖平はアルバムから目を離さずに、

「いえ。自分の学校の卒業アルバム以外見たことがなかったので、珍しいというか、なんて言うか、卒業アルバムもいろいろなんですね」

　そう言いながらページを行ったり来たりして何度もめくっていた。

「卒アルなんて、日本全国どこも似たようなもんだろ」

　健太はそう言って笑った。

「なあ、凜」

「ん？」

　凜は二人のやりとりを聞いていなかったので、ちゃんとした返事はしなかったが、食い入るようにアルバムを見つめている暖平の様子を見て、

「何？　こたつの知り合いでもいるの？」

と先ほどの健太と同じことを聞いた。

　暖平は聞こえていないのか、反応せずアルバムを見つめたままだった。

　碧と正範が帰ってきたのは、それからゆうに二時間もたったあとだった。

「長い話し合いの結果、こたつの名前は『背負亭《しょいてい》こたつ』に決まったぞ。いやぁ、揉めた揉めた。こいつが結構頑固でよ。『ほかほか亭こたつ』がいいって譲らねえんだよ」

と碧が言った。

後ろから入ってきた正範は表情ひとつ変えず無言のままだったが、先ほどの本棚の前に立ち止まって、

「部長、このCD借りて帰っていいですか？」

と碧に聞いた。

「本当は聴きたいんじゃないですか！　素直じゃないなぁ」

健太が冷やかすように笑った。

第三席　目黒のさんま

「じゃあ、『やかん』はどうして『やかん』って言うんですか？」

暖平は生唾を飲み込んだ。

老人たちは、くすりとも笑わずに、微動だにせずそれぞれの椅子や車椅子に座っている。脇から背中にかけて嫌な汗がどっと出てくるのがわかる。

眠っている人もいれば、ぼーっと床の一点を見つめている人もいる。

そうかと思えば、隣の人に「やかんも最近使わないねぇ」と普通に話しかける老女もいるし、腕組みをしたまま怖い顔をしてジーッと暖平を見つめている爺さんもいた。

暖平の落語が始まってからずっとこんな感じで、重く沈んだ空気をどう変えていいのかもわからず、徐々に早口になっていった。

ほんの少しだけ高い場所に座るだけで、これほど緊張するものだとは、暖平は想像もしていなかった。

デビュー戦の今日のために事前に何度も練習をして来たにもかかわらず、その練習がまったく活かされていないのが、噺をしながら自分でもわかる。それに付き合ってくれた凜からもらったアドバイスは、始まった瞬間にどこかに飛んでいってしまった。

そのくせ、つまらなそうな顔や、隣と話をする人、途中で席を立って部屋から出ていく人など、会場となったホールの様子は細かいところまで目に入る。

誰かがアクションを一つ起こすたびに、暖平の落語は止まった。

「それはな、え〜、ある合戦の折にな、あ〜、寝込みを襲われた武者が手元にあった〈やかん〉を被ったんじゃ」

始まった瞬間から不機嫌そうに暖平のことをジーッと見つめていた一人の爺さんの顔が、一層険しくなった。

暖平はその表情の変化を見て、自分が間違えたことに気づいた。

「やかん」になった由来を話しているのに、そのモノの名前を「やかん」と言ってしまっていた。

暖平は、顔が熱くなるのを感じた。

「そしたら、そこに敵の矢が当たったときに『カーン』と音がしてな、え〜、それで『やかん』になったというわけじゃ。え〜『やかん』というお話でした。おあとがよろしいようで」

暖平は、一秒でも早くその場を立ち去りたいという思いだけで、噺を終わらせると頭を下げた。

音にならないような、力のない拍手をしてくれている人が三人ほどいたが、他の人は落語が終わったことにすら気づいていないのかもしれない。そもそも、はじめから聞いていなかったのは噺をしているときからわかっていた。

暖平は逃げるように立ち去ろうとしたが、足の感覚がなくなっていて立つことができず、その場に倒れ込んだ。

どっと笑いが起こった。

暖平の出番で一番盛り上がった瞬間になった。

ぐにゃぐにゃになり、力が入らなくなった右足を引きずるようにして壇上から降りると、そのまま廊下に出て長椅子に座った。

最悪のデビュー戦だった。穴があったら入りたい。それどころか、今すぐ自分という存在を消し去りたいとすら思った。

部屋の中ではまばらな拍手に迎えられた健太がニコニコしながら、急拵《ごしら》えの高座に上がるのが見えた。

部屋の後ろの扉から凜が廊下に出てきて、暖平のもとに歩み寄った。

「どうだった？」

暖平は、感覚が戻ってきて痺れが始まった足を宙に浮かせながら凜の方を見た。

「あれ、凜さんが先じゃなかったんですか？」

「部長が、健太が先に行けって。今のこたつに健太はつらいだろうからって、私が」

暖平は苦笑いをして頭を下げた。

「すいません。全然練習通りにできずに」

凜は笑っていた。

「悪くなかったよ。デビュー戦にしては上出来。みんな最初はあんなもんだよ」

そう言いながら凜は暖平の隣に座った。

暖平は首を横に振った。凜の言葉が慰めなのは明らかだ。

凜も健太も大学に入る前から落語が好きで、入学時にはすでにいくつかの噺ができたと聞いている。こんなに酷いデビュー戦だったはずがない。

「いや、こんな酷い落語は誰もやったことないっすよ」

「そんなことないよ。あたしの方がずっと酷かったもん。途中で噺が飛んじゃって、頭真っ白になって、『ごめんなさい』って言って下がって来ちゃったんだから」

暖平は顔を上げた。

「本当ですか？　凜さんが？　だって、高校時代から落語やってたんですよね」

「そう。自分でもびっくり。デビュー戦なんて楽勝って思ってた。そしたら、あの反応でしょ」

凛は会場の方を見た。

「あたし、それまで近所の町内会とか学校の文化祭とか、言ってみれば小さい頃からあたしのことを知ってるおじいちゃんとか、学校の友達の前でしかやったことなかったのよ。ところが、ここではみんな無反応でしょ。『なんで？』『あたしが下手なの？』って余計なこと考え始めたら、脂汗出てきて頭が真っ白になっちゃった」

暖平は部屋の中の様子を廊下から見た。健太の落語に対しても、客はそれほど反応しているようには見えなかった。それでも健太は楽しそうに噺を続けている。

「それに比べりゃ、こたつは上出来だよ。あの雰囲気の中でよくやったよ」

「ありがとうございます」

暖平は少しだけ気が楽になって頭を下げた。

「でもさぁ、最後にあんた『おあとがよろしいようで』って言ったでしょ」

「はい……」

「あれ、意味わかって言ってる？」

「意味……ですか？　いやテレビのＣＭで落語家さんがそう言ってるのを見たことがあったんで。落語の終わりにはそう言うのかなぁって」

凛はクスッと笑った。

「私の時間は終わりが来ていて、次の人の準備が整いましたので、私は下がりますって意味なのよ。お待たせしましたってね」

「次の人？　『おあと』って次の人……いや、てっきり俺は、噺の後味的なことを言っているのかと」

「後味悪い噺をしといて何言ってるの？」

暖平は耳が赤くなるのを感じた。

「あとで健太に謝っときな。全然準備できてなかったのに慌てて羽織を取りに行ってたわよ」

「はい」

暖平はすっかり意気消沈し、背中を丸め廊下の一点を見つめた。

「まあ、そういう失敗談もいつか笑い話として高座で話せるのが落語のいいところだから、気にしない、気にしない。健太も気にしてないよ。あいつ、ああ見えて誰かに対して怒るとかそういうの見たことないんだよね。それより足、もう大丈夫？」

「あ、はい」

「よし、それじゃあ後ろから先輩の落語を見て学ぶよ」

「はい」

暖平はのそりと立ち上がって、凜の後について後ろの扉から部屋に入った。

相変わらずの無反応の客の前で、健太は額に流れ落ちる汗を拭おうともせず熱弁を振るっていた。

「メンタル強！」

暖平は思わず声に出した。

健太は老人たちの反応を気にする様子もなく、自分の持っている生命力すべてでぶつかるような、いつもの健太スタイルの落語を続けている。

その様子を一番後ろで眺めることで、ようやく凜のアドバイスを思い出した。

「笑いが起こらなくても、まったく聞いてない人がいても気にしないで進めるんだよ。みんな聞きたくて集まってるわけじゃないからね。どんなことがあっても、反応しない練習だと思ってやりな」

思えば客のちょっとした動きや、言葉、仕草やあくび、咳払いなど、目に入ってくるあらゆる状況の変化に対して反応し続けた時間だった。

暖平は改めて自分のデビュー戦が恥ずかしくなって、その場にいることすら苦痛に感じられた。

凜は暖平のその胸の内がわかったからか、

「じゃあ、あたしもそろそろ準備してくるね」

と言ってその場を離れて、部屋の外に出た。

暖平は、

「どうして落研になんて入ってしまったんだろう」

と少し後悔していた。

★

「うん。これは美味じゃのう。この魚の名はなんじゃ」

「さんまにございます」

そう言った碧は、ごくりと唾を飲み込んだ。

暖平はもはや観客の一人となって、碧の落語に聞き入っていた。

少しでも真似できそうな何かを盗み取るつもりで見始めるのだが、いつの間にか、ただ聞いて楽しんでいる自分がいる。

碧の落語を聞くときはいつもそうだ。

でもそれは自分だけではなさそうだ。

先ほどまで落語にあまり関心を寄せていなかった人や、ムスッとしていた人、暖平のときには居眠りしていた人も、みんな頷きながら、碧が語る世界の中に入り込んでいる。

もちろん自分とは比べるべくもなく格段に上手いのは間違いないのだが、名人と呼ばれる人のように噺が澱みなく進むわけでもない。それなのにいつの間にか、聞く人をその世界の中に連れていってしまう。

「なんでなんですかね」

暖平は思わず小声で隣にいる凛に聞いてしまった。

「何が？」

「部長の落語です。さっきまでまったく興味なさそうに聞いてた人まで聞き入ってるじゃないですか。どうしてなんでしょうか」

凛は小さく微笑んだ。

「そうね。不思議よね。あたしもよくわからない。落語の技術的なもので言えば正範さんの方がしっかりしているようにも思えちゃうんだけどね。部長が話すとみんなこうなっちゃうんだよね」

暖平は唸りながら腕組みをした。

「部長は見えない部分をちゃんと作ってるんですよ」

暖平は気づかなかったが、凛とは反対側に立って腕組みをしていた正範が言った。

「見えない部分ですか？」

正範は真面目な顔をしたまま座布団の上で殿様になってさんまを食べている碧を見ていた。

「僕が一年の夏、あるとき部長に四谷に来てくれってお願いされたことがあります。約束の時間に四ツ谷駅に行ってみると着物姿の部長がいて、横には自転車が置いてありました。僕はTシャツにジーンズという姿だったので焦りましてね、

『これからどこかで落語を演るって意味だったんですか？』

って部長に聞いたんです。そうしたら、部長は、

『いや、正範はいいんだよ。それよりこの自転車で俺の言う通り走ってくんないか』

って言うんです。僕は意味がわからなくて、

『部長はどうするんですか？』

って聞きました。そしたら『俺は後ろから走るから』って。

僕は訳がわからず困惑したままでいると、『いいからほら、乗って』って部長に無理やり自転車に乗らされて、着物姿の部長が自転車の後ろを押してくるんです。もうしょうがないから走り出したら、部長は走ってついてくる。しんどそうだからゆっくり行こうとすると、もっと速く漕げ！　って息も絶え絶えのくせに怒るんですよ」

正範の表情は変わらないが、心なしかほんの一瞬だけ微笑んでいるように見えた。

「なんですかそれ？」

凜も初めて聞く話なのかツッコミを入れた。

「結局、どこまで走るんだかわからないまま走り出して約一時間半。真夏だったから自転車を漕いでいる僕も滝のような汗だったんですが、部長はもう酷いことになってました。和服に雪《せっ》駄《た》で一時間半も走ったんですから。鼻緒ずれも起こしていて血まで出てた。部長は笑ってましたけど、相当痛かったはずです」

「どこまで走ったんですか？」

「学芸大学です」

「東横線の？」

正範は頷いた。

「もういいよって部長が言った場所は学芸大学の駅でした。何なんですかこれは？　って僕が聞いたら部長はニヤッと笑って、

『思った以上に疲れたな。腹減ったからなんか食おうぜ。付き合ってもらったから俺が奢るよ』

って言いながら近くの定食屋に行った。

僕は部長が『この店はこの定食がおすすめなんだよ』って言ったものを『じゃあそれをお願いします』って頼んだんです。ところが部長は何も頼まなかった。

『お礼に奢るだけだから正範が食え』

の一点張りで、水も飲まずに僕が焼き魚定食を食べるのをただ見てる。ほら、あんな感じで」

正範が顎をしゃくった先では、碧が、殿様が一人でさんまを平らげてしまうのを物欲しそうに見ている家来を演じていた。

「目黒だ！」

凜が目を輝かせて、思わず声を出した。

正範がゆっくりと頷いた。

「そう。翌週『目黒のさんま』を演ろうと思っていたらしく、その前に実際に殿様の遠乗りに

付き合わされる家来の気持ちを味わってみたかったということだったんです。四谷は各藩の藩邸が集まっていた場所ですし、学芸大学の駅あたりの住所は『鷹番』というんですが、昔の鷹狩用の詰め所があった場所なんです」

「落語のためにそこまで……」

暖平は思わず声を漏らした。

正範は首を横に振った。

「落語のためというよりは、部長はそういう人なんですよ。実際走ってみたらどうだろうって思ってやってみるのが好きなんです。それが落語に活きるからとかはあまり思っていないと思いますよ。でも、実際に走って目の前で魚を食べる人の姿を見たことがあるからこそ出せる雰囲気があるんですよ。結果として、落語のためになってる。そういう見えない部分をちゃんと作ってる。僕には到底真似できません。普通、後輩に走らせるでしょ。そういうのが落語の役に立つからとか理由をつけて。でも部長は決して誰かに強制的にやらせたりはしないんですよ。あのときもきっと、僕のために誘ってくれたんです。本当は」

「正範さんのためですか？」

「僕が大学にも、クラスにも、落研にも溶け込もうとしていないのを部長は知ってたんですよ。一人ぼっちで寂しそうにしている仲間を見ると放っておけないんですよ。あの人は」

部長のことを見つめる正範と凜の横顔を、暖平は交互に見つめた。

正範の目が少し潤んでいるように見えた。

相変わらず無表情ではあったけれども。

★

老人ホームでの落語を終えると、正範はゼミの教授に呼ばれているということで大学に戻り、健太は自慢の愛車、黒のレブル500で、凜はバスでバイト先に向かったので、暖平は碧と二人で駅まで歩くことになった。

「どうだったよ」

碧は暖平に聞いた。

暖平は苦笑いをしながら、

「途中から、逃げ出したくなりました」

と言って頭を掻いた。

「それでも逃げなかったじゃねえか。最初にしちゃあ上出来だよ」

「逃げられなかっただけですよ。自分も早く部長みたいに人を惹きつける落語ができるようになりたいっす」

碧は口元だけで笑った。

「正範さんに聞きました。部長が落語のために実際に目黒まで走ったことがあるって。部長の落語って引き込まれるんですよね。どうしてかわからなかったんですけど、それ聞いて納得しました。だから面白いんだって」

「俺の落語なんて、誰か師匠がいて稽古つけてもらったわけじゃねえからさ、動画で見た落語家の真似事でしかねえよ」

「そんな……すごいっすよ、部長の落語は！」

碧は首を振った。

「こたつ、お前、落語見に行ったことあるか？」

「今日も見てましたよ」

「俺のじゃねえよ。本物の落語家の落語だよ」

「いえ。まだ……」

「そうか。じゃあ俺が連れてってやるよ。ゴールデンウィークは実家に帰んのか？」

「あ……いえ、まだ決まってないんですけど。たぶん帰んないです。交通費も惜しいんで」

「じゃあ、次の土曜日空けとけ」

「はい」

暖平は駅の改札で碧を見送ると、そこから徒歩で自分のアパートに向かった。

夕方のこの時間でもまだ明るい。だいぶ日が長くなってきたことに初めて気づいた。

同じように駅から徒歩で家路に就くサラリーマンの多くは上着を脱いで手に持って歩いてい

る。これから暖かい季節になる。

大学生活が始まって、日々新しいことの連続だった暖平は、先ほどの碧の言葉で久しぶりに実家のことを考えた。

子どもの頃は比較的仲のいい家族だった。

少なくとも暖平はそう思っていた。家業が写真館ということもあって、暖平が子どもの頃の写真は輝くような笑顔の写真がたくさんある。二つ上の姉、愛理《あいり》の写真も同様である。

暖平が小学校に上がるくらいまでは、実家が写真館であることに誇りを持っていた。

家族で揃った写真を撮らなくなったのは姉の愛理が中学二年になった頃からだろうか。愛理は父親のやることなすことが気に入らなくなった。いわゆる反抗期というやつだ。

あからさまに無視をしたり、不貞腐れた態度で接したりするようになり、家にいる時間が減り、家にいても自分の部屋から出てこなくなった。

暖平はそんなあからさまな態度を親に対して取ることはできなかったが、姉の気持ちもよくわかった。何しろ「門田のおっちゃん」は地元の小中学生の間ではちょっとした有名人だったからだ。もちろん暖平の父、文彦《ふみひこ》のことだ。

実家が写真館だというと、誰もが「今の時代大変でしょ」と言う。

暖平の世代もそうだが、フィルムをネガにして現像してもらうという依頼など経験したことがない。日常や旅行の写真はすべてデジタルになった。

そうなると、写真館の仕事は七五三に成人式、結婚記念や入学記念などに撮る家族写真に限られることになる。確かに大事な仕事ではあるが、衣装の豊富な在庫を抱えることができるわけでもないので全国チェーン展開している大手のフォトスタジオには敵わない。一番の仕事はそういった大手がやっていない仕事になる。

中心となる仕事は学校行事だ。

暖平の実家も地元の三つの小学校と二つの中学校、二つの高校から撮影を頼まれている。幼稚園もいくつかある。

撮影は入学式に始まり、体育祭や文化祭、そればかりか遠足や合唱祭、カルタ大会といったイベント、さらには修学旅行といったあらゆる行事に随行して写真を撮り続ける。そしてそれらを販売するのだ。

父の文彦は子どもたちの中にグイグイ入っていって、たくさん会話をして仲良くなってしまう。そして「おっちゃん」と自分のことを呼ばせるのだ。暖平も小学生までは、それほど気にしてはいなかったのだが、中学生になるとそのことが嫌でたまらなくなった。

修学旅行に親と一緒に行くなんて写真館の子どもだけだろう。文彦は多感な時期のこちらの人間関係などお構いなしに、同級生の間に入っていっては写真を撮る。この苦痛は写真館の息子にしかわからないだろう。誰もが学校でのキャラクターと、家でのキャラクターは違うものだ。学校モードの自分でいる中に、家庭という別のカテゴリーの登場人物が入っていると、学校行事として楽しもうと思っていた気持ちが一気に冷める。

愛理は家から少し離れた私立高校に進学したが、一番の理由は自分の家が写真の担当になっている地元の高校にだけは絶対行きたくなかったからだ。

暖平も同じようにしたかったが家から通える公立に行ってほしいという母親の願いを断りきれず、結局一番近い高校に通った。もちろん修学旅行は文彦も同伴だった。

愛理は高校を卒業すると、専門学校に通うために長野で一人暮らしを始めた。

その二年後に暖平が大学に進学し、こうやって東京に出てきて一人暮らしをしている。

二人ともようやく実家を離れることができて清々しているのだが、もちろん小さな子どもではないので、父の文彦がそうまでして仕事をしてくれていた理由はわかっている。

子どもたちを専門学校や大学に通わせる、それもそれぞれ一人暮らしをさせるというのは簡単なことではない。やりたいとかやりたくないとか関係なく必死で働く必要があったんだろう。

わかってはいるのだが、素直にありがとうと言えない。そして、そんな自分に対して、人としての薄情さを感じて自己嫌悪に陥る。

「四人で住んでいた家から、一人、また一人と子どもが巣立っていく。二人だけになった家というのはどんな雰囲気なのだろうか」

ということが一瞬気になった。しかし、すぐに自分にとってどうでもいいことのような気がしてきた。

そのことで、また自分のことを薄情な奴だと思った。

第四席　転宅《てんたく》

暖平は浅草に来るのは初めてだった。

都営浅草線の改札を出て地下から表に出ると初夏のような陽気で、あらゆるものが眩しく感じられた。

雷門前には観光客が溢れていて、誰もが記念撮影をしていた。

東の方角には東京スカイツリーが聳《そび》え立っている。

テレビで見たことがあるが実際に自分の目で見るとその巨大さに圧倒される。

せっかくなので仲見世通りを歩いた。

買い物をするわけでもなければ、浅草寺でお参りをするわけでもないのだが、賑やかな通りを歩いているというだけで、暖平の気分は高揚した。

「ここを左か」

スマホのマップを見て碧と待ち合わせをしている場所を確認して「伝法院通」と書かれた赤い門を潜った。しばらく歩くと浅草六区。通りの両側に浅草出身のスターたちの写真が飾られているというのを聞いたことがあったので、一つ一つ見ながら歩いたが暖平は誰一人知らなかった。

　キョロキョロしながら歩いているうちに、目の前の大きな交差点の真ん中に碧がいるのが見えた。

「部長」

　暖平はそう言って、小走りに駆け寄った。

「お待たせしました」

「待ってねえよ。それよりこたつ、お前飯食ってきたか？」

　集合時間が十一時半だったので、暖平は、てっきりどこかで昼を食べてから行くものだと思っていたが、どうやらそういう時間はないらしい。

「いいえ、何も」

「そうだろうと思って、ほら」

　碧は暖平にコンビニの袋を渡した。

「悪いけど、もう始まるんだよ。始まると四時半くらいまで出られないから、これで我慢しな。大丈夫。中で食べられるから」

「あ、ありがとうございます。いいんすか？」

　暖平が袋を受け取ると碧はくるっと背中を向けた。

　暖平はそのとき初めて、目の前にあるのが浅草演芸ホールであることに気がついた。たくさんの幟《のぼり》が出ている。

暖平は碧の背中を追った。

「大人二枚」

チケット売り場で碧が言うと、

「あれ、一人じゃないなんて珍しいね」

と声をかけられているのが暖平にも聞こえた。

碧はちょっと照れたように、

「そうなんですよ。今日は友人を連れてきまして」

と答えた。

暖平は、碧が自分のことを「友人」と表現してくれたことで少し胸が熱くなった。

何もかもが昭和の香りがする狭いロビーに入るとすぐ目の前にホールに繋がる扉がある。

碧は躊躇《ためら》うことなく扉を開けて中に入った。

暖平も碧の後についていく。

客席に座っている客はまばらではあるが、暖平が想像した以上に人は入っていた。

見たところ年寄りばかりということでもなさそうだ。土曜の昼ということもあり、比較的若いカップルなんかも客の中には交じっている。

真ん中の座席は結構埋まっていて二席続いた空きが後ろの方にしかない。碧は迷わず右側のブロックに行き、前から二列目の席に座った。

暖平は、

「失礼します」

と小さく言ってから隣に座った。

「ここからだと、落語家さんの楽屋入りの様子とか、出てくる前の様子とかが見えるんだよ」

碧はそう言って、舞台袖の入り口の方に向かって顎をしゃくった。

なるほど、座る場所によって楽しみ方が違うらしい。

「すぐに始まるから、その前にちょっとでも食っとけ」

碧はそう言いながら、先ほど暖平に手渡した袋を指した。

「あ、はい」

暖平は急いでメロンパンの袋を開けてかぶりついた。

ほどなく、三味線と太鼓の音が鳴り始め最初の落語家が登場した。

もちろん暖平にとっては初めて見る、本物の落語家だが、名前を聞くのもそれが初めてだった。それどころか入り口で渡されたプログラムには暖平が知っている名前は一人もいない。

若手と思われるその落語家が話し始めた演目は『やかん』だった。

暖平は最初に出てきた落語家が、澱みなく流暢に話をする様子に驚いた。自分と比べることなどできないのはもちろんわかっていたのだが、最初に出てきた若い人ですら、これほどまでに堂々と話ができるとは思っていなかったのだ。ただ、それにもかかわらず会場の反応は今ひとつだった。どことなく、自分が話したときの雰囲気と重なる。自分と比べるとレベルは段違いではあるが、空気感というか、反応に客からの期待感のようなものが乗っかっていない気がするのだ。

「こんなに上手に話しても……」

暖平は自分が話しているわけではないのに、身体が熱くなり変な汗が出てきた。

「おい」

碧が小声で耳打ちしてきた。

「勉強しにきたんじゃねえんだよ。落語を楽しみにきたんだから。そんなに緊張しないの」

そう言って笑った。

暖平は苦笑いをしながら、小さく頷いた。


最初こそ緊張していた暖平だが、次から次へと現れる師匠クラスの落語家たちの噺に、ただただ引き込まれ、いつの間にか笑っている自分がいた。

それぞれに違った味や雰囲気があり、面白さというのは一つではないんだと感じた。

誰かのようにならなければ面白い落語ができないのではなく、自分のままでも自分にしかできない落語ができるんじゃないか、そう思わせてくれるほど、いろんなタイプの落語家がいた。

気づかないうちに空席もほとんどなくなり、その人の数に比例して会場のボルテージが徐々に上がってきているように感じる。盛り上がり方が序盤のそれとは明らかに変わってきた。

出てきただけで大きな拍手をもらう落語家もいる。

暖平が知らないだけで、落語ファンにはお馴染みの噺家なんだろう。

「待ってました！」

という掛け声もかかり、暖平の中でも始まる前から期待感が盛り上がっていった。

四時間という長い時間が経過したことによる疲れよりも、

「次はどんな人が来て、どんな噺が聞けるんだろう」

というワクワク感の方が常に上回っていた。

落語の合間にある「紙切」で、芸人が客席からもらった「プロポーズ」というお題に合わせて身体を前後に揺らしながら紙を切り始めたとき、流れてくる三味線の曲が「結婚行進曲」になった。お題を出したカップルの男性が女性の方を見つめた。暖平はこのとき初めて、出囃子がCDなどの音源ではなく、実際に袖で演奏しているものだということに気づいた。

紙切の師匠が、

「いよいよ、次はみなさんお目当ての主任の登場ですからね」

と言ったとき、客席の何人かの人が笑顔になり大きく頷いたのがわかった。

なるほど、常連客はどうやらこの主任をお目当てに寄席に来るらしい。

紙切の師匠が会場からの拍手と共に下がり、前座が座布団周りに落ちた紙の切れ端を丁寧に手拭いに包んだ後、「めくり」がめくられた。

『今昔亭文聴』

という名前があらわになった。

出囃子が鳴り、割れんばかりの拍手が鳴り響く。

気づけば客席は満席となり、会場の後ろの方には立ち見客もいる。上の方から拍手の音が聞こえた。二階席もいっぱいらしい。

「結構、人気がある人なんだ」

と暖平が思った次の瞬間、今昔亭文聴《こんじゃくていぶんちょう》が現れた。

ゆっくりと歩いてくるその独特な所作に、これまで見た誰とも違う雰囲気を感じ、暖平は思わず息を呑んだ。

「待ってました！」

の声が重なる。

やがて座布団の上に丁寧に着物を整えながら座ると、客席に向かって深々と頭を下げた。

その日一番の拍手が鳴り響いたかと思うと、顔を上げた瞬間にピタリと止んだ。

暖平はそのオーラに圧倒されて、口を開けたままその表情に釘付けとなった。

「落語には泥棒が出てくる噺がございます」

丁寧に語られるその口調に思わず引き込まれた。

全身に鳥肌が立つのがわかる。

「これまで見た落語家さんとは違う」

暖平だけの直感というよりは、見ている人は皆そう思っているのだろう。

泥棒が、戻ってきた女に見つかるところから二人の会話が続く。

坊主頭の落語家が、妖艶な女にしか見えなくなってくる。

「もとはあたしもね、あんたのお仲間なのよ。高橋お伝《でん》を知ってるでしょ」

「そりゃあ、俺らの仕事でお伝を知らねえなんてやつぁいねえよ」

「あたしはその孫で『はんぺん』っていうの」

暖平は自分が、女の家に上がって、泥棒との会話を座って聞いているような錯覚に陥った。

その世界に三人でいるような気がする。

自分だけが文聴が作り出す話の中に招待されて、家の中で二人の会話を聞いている感じだが、この会場の誰もが「自分だけが」と感じているのだ。

「この人はバケモンだ！」

暖平の心に浮かんだ言葉だ。

それからはもうただ夢中になって笑った。

他の人よりも長い噺だったが、もっと聞いていたかった。

これほどまでに話芸に感動するとは予想もしていなかった。

緞帳《どんちょう》が下りて、会場の扉が開放されたとき、観客は一斉に立ち上がって動き始めたが、暖平はしばらく動けなかった。隣の碧もしばらく座っていてくれたのだが、会場内に残っている人もだいぶまばらになってきたのでゆっくりと立ち上がって、

「とりあえず出るか」

と言った。

暖平は我に返って、

「は、はい」

と慌てて返事をしてから立ち上がった。

外に出るとまだ明るく、今劇場から出てきて興奮冷めやらぬ状態のまま建物をバックに写真撮影をしている人と、これから始まる夜の部を見るためにチケットを買おうとしている人とでごった返していた。

暖平は風にはためく『今昔亭文聴』と染め抜かれた幟を見つめた。

「どうだったよ」

碧に聞かれて振り返った。

「すごかったっす」

暖平は興奮したまま答えた。

「そうか」

碧は満足したように頷くと、

「どっかで飯でも食ってくか？」

と暖平のことを誘ってくれた。

暖平は、

「はい！」

と威勢よく返事をした。今見終えたばかりの初めての寄席のことを、碧ともっと話したいと思っていたところだった。

「よし、その前にちょっと散歩だ」

そう言うと碧は「ついてこい」という表情を見せて、背中を向けて歩き始めた。

暖平は慌てて後を追った。

仲見世商店街を抜けて浅草寺雷門に辿り着くと、先ほど以上に多くの観光客が写真撮影をしていた。碧は人の隙間を縫うようにスルスルと通りに出ると左に曲がった。

目の前には東京スカイツリーと金色の大きな雲形オブジェが夕陽に照らされて異様な輝きを見せていた。

碧の歩みは速く、無言でスタスタと歩く碧の後ろについて行くだけでも、暖平は途中駆け足になった。

碧は川の手前で立ち止まった。

「この川わかる？」

「いえ」

暖平は首を横に振った。

「これが隅田川。そんでもって、ここが身投げの名所『吾妻橋』だ」

「え？　そんな名所があるんですか？」

碧は笑った。

「落語の噺の中でだよ。落語で身投げといえばここ吾妻橋と決まってるのさ。ほら、さっき寄席でも『身投げ屋』って話をやってただろ」

「あ！」

暖平は、一人の落語家がした噺を思い出した。小柄で頭は白いものの方が多い風格漂う師匠という感じの人だったが、話し始めたらその底抜けの明るさに瞬間的に引き込まれてしまったのを覚えている。

一人の男が人が通るのを見計らって身投げを装う。でっちあげた身の上話をして、同情を誘い金を恵んでもらおうとするがうまくいかない。そうこうしているうちに、本当に身投げをしそうな父子を見つけて話を聞いてやる。あまりにも不憫に思い金を持たせてやるのだが、その親子が、

「よし、次は吾妻橋でやろう」

と言うのを聞いて、同業者だったということがわかるという最後《オチ》だった。

「確かに、『吾妻橋で』って……あの吾妻橋がここっすか」

「ああ。落語は昔の江戸の街が舞台になっているものがほとんどだろ。だから、この辺を歩けば、噺の中に出てくる場所が結構あるんだよ。だからこの辺に来たら、ちょっと歩いてみるだけで演りやすくなるぞ」

暖平は、

「はい」

と返事をして頷いた。

二人は蔵前、両国を経由して伝馬町を通り、日本橋の袂に着いた頃にはあたりも真っ暗にな

っていて、橋に灯っているオレンジ色の灯りがそこだけ異世界のように感じさせる彩りを放っていた。

橋の上にかかる首都高速道路が江戸の文化を押し潰そうとしているのを橋が必死で耐えているようにも見える。

暖平は落語の世界にさして興味があったわけでもないが、昔の文化に曲がりなりにも関わっている一人として押し潰されそうになっている日本橋をなんとかできないものかと思った。とはいえ、今の自分が何をしたところで現代にも落語界にも何の影響もない。

碧も日本橋を見つめていた。

その表情はどことなく寂しげでもあった。暖平は声をかけることもできず、碧の横顔と日本橋に灯るオレンジ色の灯りを交互に眺めていた。そこに立ち止まっていたのはほんの数分だろう。

結局そこからまた三十分ほど歩いた。

「ここだよ」

碧が『鉄板焼き　粉屋』と書かれた看板の前で立ち止まると、

「隣見てみ」

と顎をしゃくった。

隣は『スナック紅葉』だった。

碧はニヤニヤ笑ったが、暖平には何がおかしいのかよくわからなかった。

碧と暖平は粉屋の暖簾《のれん》をくぐった。

店の中は客でいっぱいで、鉄板の熱気と人の熱気が入り混じった賑やかな感じが暖平の気分を高揚させた。

碧は、

「いらっしゃいませ」

と元気よく声をかけてくれた女性店員の方を見て手を挙げた。

「あれこれ寄り道して歩いてたら遅くなっちまったよ」

馴染みの店と言っていたので、よく知っているのだろうと思いながら暖平もその女性店員の顔を見た。

「あれ！　凜さん？」

「よお、こたつ」

「凜さん、ここでバイトしてたんですか？」

「バイトどころか、ここあたしの実家だよ」

二人は座敷席に案内された。他の席はすべて埋まっているところを見ると、凜が取っておいてくれたのであろう。

★

「正直、文聴さんはバケモンだと思いました。何なんですかねあのオーラというか、雰囲気というか。出てきた瞬間にもうあの人の作る世界の中に引き摺り込まれちゃうんですよね。ちょっと鳥肌がすごかったっす」

暖平の言葉に頷きながら、碧は小さいヘラでもんじゃを絡めとっている。

「他にもすごい人はいましたけど、やっぱり一人だけ特別って感じでした」

「そうかい。そりゃあよかったな」

「でも、最後の人が出てくるまでは、俺にとっては部長の落語の方がいいって思いながら聞いてました」

碧は苦笑いをした。

「俺の実力なんざぁ、最初に出てきて『やかん』を演った前座さん以下だよ」

「そんな」

「いや、自分の実力は自分がよくわかっているさ。俺の落語は趣味に毛が生えた程度さ」

「そんなことないです。あそこに部長が座って落語を演ってる姿が見えたっていうか、あそこで部長が演ったら、きっと今日のお客さんも大ウケになるって確信があったんすよ」

碧は苦笑いをしながら、鉄板だけを見つめて、もんじゃをつつく手を止めなかった。暖平はいつもの碧らしくないような気がした。

「え？　部長は、卒業後落語家にならないんですか？」

「ん？　俺か？　落語家に？……そうだねぇ、そもそも卒業が怪しいからな。……どうだろうな」

暖平は碧の答えが意外だった。碧のことだから間髪容《い》れずに、

「なるに決まってるだろ」

といつもの調子で返ってくると思っていたのだ。

「部長が落語家にならないなんてもったいないですよ」

暖平は、その言葉を何度も言おうとして飲み込んだ。言った方がいいような気もするし、言わない方がいいような気もする。暖平の中で答えが見つからないまま、二人でもんじゃをつついていた。

「部長、部長はいつから落語が好きになったんですか？」

暖平は話題を少し変えた。

「俺か？　そうだな、大学入るときからかな」

「え？」

これにも暖平は驚いた。

暖平の大学には元々落語研究会がなく、碧が三年前に自分で立ち上げたという話は知っている。

だからてっきり碧は昔から落語に興味があって、その魅力を伝えたいからとか、そういった理由で『落研』を創設したものだとばかり思っていたのだ。

「最近じゃないですか」

「そうだよ。もっと昔から興味があるように思ってたのか？」

「は、はい」

「元々興味があって入ってきたのは凜と健太。俺と正範は大学入ってから始めた組だ。おっと、こたつもそうだな」

「高校までは何やってたんですか？」

「俺？　特に部活なんてやってねえよ」

「帰宅部ですか？」

碧は笑った。

「お前と一緒にすんな。部活はやってなかったけど、結構本気でバンドやってたから、毎日忙しかったんだよ」

「え？　じゃあ楽器弾けるんですか」

「おう。ゴリゴリのハードロックギタリストだ」

暖平は思わず目を見開いた。今の碧からは想像がつかない。

「ゴリゴリのロックギタリストだった人なら軽音とかに入るんじゃないんですか、普通は。どうして急に落語に興味を持ったんですか。それも自分で落研を作るって普通の情熱じゃないですよね」

「落語に興味を持った理由？」

碧は微笑んだが、その微笑みはどこか寂しげでもあった。

「はい、これウチの父ちゃんがサービスだって」

そう言いながら凜が『オムそば』が盛り付けられた皿を持ってきた。

「お、ありがてぇ」

碧はそう言うと早速箸を伸ばした。

「あとこれも」

そう言って蓋つきのお重をテーブルの上に置いた。

凜が蓋を取ると、鰻が現れた。

「鉄板焼き屋なのに鰻が出るの？　この店」

碧は笑った。

「商品じゃなくて、ウチの晩飯用に買っといた鰻なんです。部長が来てるんだったら食べてもらえって」

凜の言葉を聞いて、碧はカウンターの中にいる凜の父、浩三《こうぞう》に声をかけた。

「大将、ありがとうございます」

凜の父は焼き物をしている手元から目を離さずに、左手だけを挙げてそれに応えた。

「こたつ。せっかくだから鰻重食え」

「え、部長はいいんですか？」

「ああ、残念ながら俺は鰻は食えねえんだよ」

碧は小声でそう言った。

「ええ！」

凜が驚いてみせたが、すぐに暖平の方を見て、

「じゃあ、こたつが食べて」

と言った。

「あ、ありがとうございます」

暖平は頭を下げた。凜はサンダルを脱いで座敷に上がり暖平の隣に座ると、

「で、今日の寄席はどうだったの、こたつ？」

と暖平に聞いてきた。

「いや、それはもうすごく勉強になりました」

「へえ、誰が出てたの？」

暖平はポケットに折りたたんで入れてあったプログラムを凜に渡した。

「へえ、どんな話をしたかまでメモしてあるじゃない」

暖平は恥ずかしそうに頭を掻いた。

「演目名がわからないので、後で調べようと思って」

「ほら、早く食わねえともんじゃが焦げてるぞ。口じゃなくて手を動かせ、こたつ！」

碧に言われて、暖平は鉄板を見た。

「はい」

凜が入ってきたことで、それまでどんな話をしていたのかすら忘れてしまった暖平は、どうして碧が落語に興味を持つようになったのかを結局聞けないままだったということを、自分のアパートに着いてから思い出した。

第五席　金明竹《きんめいちく》

　教室の窓はすべて開け放たれているが、夕方とは思えないほど蒸し暑い。

　ここ数日は梅雨の長雨ですっきりしない毎日が続いている。

　空を見ると気分が沈みがちになるが、四〇二教室の雰囲気はいつものように明るかった。

「わては中橋《なかばし》の加賀屋佐吉方から使いに参じまして先度《せんど》仲買の弥市が取り次ぎました道具七品《ななしな》のうち、祐乗《ゆうじょう》、光乗《こうじょう》、宗乗《そうじょう》、三作の三所《みところ》もの。ならびに備前長船《おさふね》のえ〜。あ〜ダメだ。もっかいいいい？」

　座布団の上では健太が次の定期落語会で披露する落語の一節を練習しているのだが、毎回つっかえる場所が変わり、なかなか納得の一本とならないらしく、何度もやり直している。

　健太の目の前では凜が椅子に座って腕組みをしながらその練習に付き合っていた。

　正範はちょっと離れた窓際で立ったままその様子を見たり、手にしたノートに目を落としたりしている。おそらく自分の次の演目を頭に入れているのだろう。

　暖平は自分の落語の練習をしたかったのだが、健太の声が大きいのと、健太が練習している演目のつっかえている先の展開が気になってしまい、自分のことに集中できなくなっていた。

暖平は持っていたノートを閉じ立ち上がると、窓際に立っている正範のもとに行った。

「正範さん。あにさんが演ってるのは何ですか?」

「あれは『金明竹《きんめいちく》』っていいます」

「なんか、覚えるの大変そうですよね」

正範は頷いた。

「落語家さんが前座のうちに練習のために演る噺だって凛から教えてもらったみたいですね。だったら今のうちに演っとかなきゃって急に練習を始めましたよ」

暖平は絶句した。こんな難しい長台詞なのに、前座のうちに練習のためにする噺だなんて。

「え? ってことは、あにさんは落語家になりたいんですか?」

「さあ、あの二人はなりたいんじゃないんですかね」

正範は、向かい合わせで座っている健太と凛を見て言った。

「正範さんはどうなんですか? 凛さんが言ってましたけど、正範さんは落語を覚えるのが変人級に速いって。だから、実は部長より正範さんの方がたくさん演れるって」

「僕ですか? 僕はなりませんよ。たくさん演れるっていうのと、落語が上手いっていうのはまったく別の話です」

「じゃあ、どうして落語を演ってるんですか?」

正範は口元だけで笑った。

「こたつは変なことを聞きますね。次の定期落語会のためですよ。出番がありますから」

正範はそう言ったが、暖平にはそれだけの理由ではここまで落語に真剣に取り組むことなどできないんじゃないかと思えた。

「じゃあ正範さんは就活するんですか？」

正範は首を横に振った。

「いいえ。司法試験を受けますから」

暖平は、正範の答えを聞いて正範が法学部だったのを思い出した。

でも、それなら尚更、落語を覚える暇があれば、司法試験の勉強のためにやらなきゃいけないことは山ほどあるような気がするのだ。

「僕の家は祖父の代から弁護士でね、両親は誰かには弁護士になってほしいと思っていたんですけどね、上の二人がその期待に対する反発なのか、まったく別の道に進みまして弁護士にならなかったんです。ですから僕が弁護士になります」

暖平は苦笑いをした。「僕がなります」って言えるのはすごいことだ。

弁護士なんてなりたくてなれる職業でもないだろうに。

「でも、正範さんは確かに落語家というよりも、弁護士って感じですもんね」

「そうですか？」

「ええ。そう思いますけど」

「部長は真逆のことを言いました」

「え？」

「弁護士なんて向いてない仕事しないで、噺家の方がお前に向いてるのにって」

「部長がそう言ったんですか？」

「まあ、あの人なりの僕に対する優しさじゃないかと思うんですがね。日頃冗談の一つも言えない人間が落語家なんて向いているはずもないんですけど、でもお世辞でもそんなふうに言われると、嬉しくなってしまうものですね。まんまと乗せられてずっと落語を続けているんですよ」

暖平は正範を見た。

「嬉しくなってしまう」

と言った正範の表情は決して嬉しそうではなかったが、心の中では相当喜んでいるのかもしれない。正範は感情が表に出てくることがまったくと言っていいほどない。

ただこうやって長時間一緒にいればわかることだが、本当に心根が優しい人だ。

「もしかしたら部長は、正範さんは優しすぎて弁護士に向かないと思ってるのかもしれない」

暖平はそんなことを考えたが、正範には伝えずにおいた。

「そういえば、部長、最近見ないですけど、どうしたんですかね」

寄席に行って、帰りに凜の実家でもんじゃをご馳走になった日以来会っていない。あれからかれこれ一月半にはなる。

「ん？　そうですね。誰かの独演会でも見に行ってるんじゃないですか。どこかを旅しているのかもしれませんし」

暖平は、あのとき碧が落語家になると明言しなかったことを思い出した。

「あ！　もしかしたら就職活動で忙しいとか？」

「そうかもしれないですね」

正範の反応を見ると、部長が最近顔を見せない理由を知っているような気がした。

「部長こそ噺家さんになればいいのにって俺は思うんすけどね」

そう言って正範の顔を見た。

「そうですね。ただ、こればっかりは本人が決めることですから。いろんな可能性がある中で、どの道に進むのか、自分が何になるのか、迷わない大学生はいませんよ。

部長もいろいろ考えてるんじゃないんですかね、ああ見えて」

正範は静かにそう言った。

「兵庫の坊主のえろう好みまする屏風じゃによって、表具にやって兵庫の坊主の屏風にいたしますと、かようこと……おとこ……おことづて」

最後の最後で噛んでしまった健太は悔しそうに声を上げた。

「あ〜惜しかった！」

凛の笑い声が響いた。

「もう一回いいか？」

「ダメだよ。もう一回とちったらあたしが演るって言ったでしょ。そこどいて」

凜は立ち上がって健太に座布団からどくように迫っている。

これまでも何度か見たことがあるやり取りだが、二人は本番もそうだが、ああやって練習をしているときが一番楽しそうだ。

凜が座布団をひっくり返して、同じ演目『金明竹』を語り始めた。澱みなくすらすら出てくるセリフを聞いて、健太は悔しがるよりも感心している。

「凜さんはやっぱりできるんですね」

暖平も驚いた。

「凜は叔父さんが落語家を目指していたんですよ。真打になる前に廃業してしまったそうですがね。だから子どもの頃から寄席に行ったり、叔父さんに落語を教わったりしていたらしいので、『寿限無《じゅげむ》』とか『金明竹』とかそういう長台詞のある演目は、中学に上がる前に覚えてしまったって言ってましたね」

皆それぞれに違ったきっかけがあり、落語と出会い、ここに集い、共に時間を過ごしている。

暖平にはそのことが急に不思議な縁に思えた。

「正範さんは、部長に勧誘されたから落語を始めたんですよね」

「はい。勧誘というよりも、半ば強制的に入部させられました」

「拒否しなかったんですか？」

「しませんでしたね。部長のような人がいてくれないと、僕は決して自分の世界を広げることなんてできませんからね。自分の性格からすれば、別の部活やサークルでは仲間と呼べる人などできなかったでしょうし。

　部長のあの不器用な優しさに感謝してるんですよ。あそこで強引に誘ってくれなければ、健太とも凜とも、こたつともこうやって出会えてなかったですから」

　正範の感情を読み取るのは難しいのだが、この人なりに自分を含めたここの部員たちと出会えたことを喜んでいるんだということがわかって、暖平はなんだか嬉しくなった。

「部長はどうして落語をやるようになったか、正範さんは知ってるんですか？」

「さあ、どうなんでしょうか。あの人は、周りの人にばっかり優しくしていて、自分のこととなるとほとんど話しませんからね」

　正範は凜が長台詞を終えると拍手した。

　正範の表情からは、本当に知らないのか、それとも知っているけど話さないようにしているのかの判断はつかなかった。暖平もそれ以上聞くのをやめて、凜の落語に耳を傾けた。

「やっぱりあねさんの落語はテンポがいい」

　いつの間にか、凜のことをあねさんと呼ぶのが当たり前になっていた。

　凜も最初は、

「あとにとっておきたい」

　なんて言っていた割に、特に拒否するでもなく、暖平からそう呼ばれるのを受け入れていた。

★

「やっぱり凜にやられたな。あいつの方がキャリアが長くて、子どもの頃からやってる分、あいうのは強いよな」

健太は帰り道で悔しそうに言った。

暖平は健太と二人で一緒に駅に向かって歩くのはこれが初めてだった。

一番話をしてくれそうな先輩だが、落研以外の友達も多いらしく、バイトで日々忙しい。もちろんそれは暖平も同じだが。

そして何より、健太の移動はいつもバイクだったので一緒に帰るということがなかった。

今は梅雨の長雨のせいで電車を使っている。

「あにさんはいつから落語を始めたんですか？」

暖平は駅に向かう途中で、隣を歩く健太に聞いてみた。

「俺は高校の部活引退してからだよ」

「そうなんですか。もっと早いと思ってました」

「高校時代はラグビー一色だったからな」

「ラグビー部ですか」

暖平は健太の体格の良さに納得して頷いた。

「ラグビー部だったあにさんが、どうして落語を始めたんですか？」

「落語家になりたいからだよ」

「いや、そうなんでしょうけど、どうして急に落語家になりたいと思ったんですか？」

健太は笑みを浮かべた。

「高校時代に、学校でキャリア教育なんとかで講演会があってさ。こたつんとこでもあっただろ？」

「はい、うちの高校にもありました」

「そこに来たのが俺の高校の卒業生の落語家だったんだよ。落語を一席と講演をして」

「それで、感動して……」

健太は苦笑いをした。

「いや、そうじゃねえんだよ。大体ああいうのって講演が終わったら『質問ある人いますか』ってお決まりのやつあるだろ。あれをその人は、最初にやったんだよ」

「最初、ですか？」

「そりゃあさすがに誰も手を挙げないわけだよ。誰も落語を聞いたことなんてないし、その人が誰かも知らないんだもん。そしたらラグビー部の監督がおっかねえ顔して俺を見てんだよ。もう『手ェ挙げねえと、午後の練習で潰す！』って顔してさ。そんで俺が手ェ挙げたわけ。で、とっさに出た質問が『どうして落語家になったんですか？』だったの。とりあえずなんでもいいから聞いとけって思って聞いてみた質問だったんだけどな、その人の答えはこうだ。

『落語の登場人物はみんなどこか抜けてる。いや、どこかどころかかなり抜けてる。欠点だらけなんですね。だけど、一つだけいいところが誰にでもある。その一つだけのいいところで江戸の社会にちゃんと居場所をつくって、お互いにそれでよしとしているんですね。何の文句もない。この部分を直せとか、もっとこうしろ、なんて相手に要求しない。

お互い人間だから、馬鹿なところとか、自分勝手なところとか、あるよねってのが根底にある。

そういう世界に憧れたんです』

って。

俺、そのときいろんなことに悩んでてな。

部活では、ベンチプレスをあと十キロ重くあげられなければ試合に使ってもらえないとか、勉強でも、偏差値をいくつあげないと志望校に合格できないとか、付き合ってた彼女からも、もう少し早くLINE返してくれないと嫌だとか、もうとにかく俺は今のままでは部活にも、教室にも、家にも居場所はなくて。変わらなきゃ、社会にも、未来にも居場所がない。そう感じてた。

俺は今の俺のままじゃ何もかもダメで、何もかも変わらないと、誰にも、どこにも受け入れてもらえないんだって思って、自分を追い詰めてた時期だった。

そこへ来てそんな話だろ。

それから、落語を聞いてみるようになったらさ、確かにみんな欠点だらけなんだよな。

与太郎はいつでもぼーっとしてるし、大家は因業だし、棟梁は喧嘩っ早い。腕利きの職人はみんな博打打ちだし、定吉は使いものにならないし、ご隠居は知ったかぶり。みんなおっちょこちょいだし、どこかのんびりしてる。

それでいて、お互い仲がいいんだよ。

『いいなぁ』

って思いながら聞いているうちに落語にハマってた」

どの瞬間を見ても笑っている印象しかない健太が、自分を追い詰めて苦しんでいた時期があったということに暖平は少し驚いて、信号待ちで止まっている健太の横顔を見た。

身体が大きいので小さく見える傘の中で、相変わらずの笑顔が行き交う車を眺めている。

「でも、俺らの日常が、窮屈なのは変わらないっすね」

暖平は何気なく言った。

「そうでもないさ。俺な、落語を聞くようになってからスゲェ変わったんだよ。

周りが条件付きで俺を見て、俺もそれに対して『変わらなきゃ、試合に使ってもらえない』『変わらなきゃ、行きたい大学に行けない』『変わらなきゃ、彼女に振られる』って思いながら生きてたときって、自分も誰かに対して同じ見方をしてたって気づいた。

部活の後輩に『あいつはスクワット弱いから、それが強くなるまでは試合で使えない』とか、俺、妹がいるんだけどな、妹に勉強教えるときも『前に教えたことをちゃんと覚えてないから、もう教えてやんない』とかさ。

そしたら、テレビとかネットに出てる人なんか見ても、自分の基準でジャッジしちゃってたんだよね。その人のことなんてまったく知らないのに。

でも落語を聞くようになって、自分もそうやって人のことを見ているって気づいてさ。うまい言葉じゃないかもしれないけど、それまでの俺の他人に対する見方って、『俺にとって都合よく完璧じゃなければダメ』

って思ってるのと変わらないじゃんって思ってゾッとしたんだよ。

信じられないかもしれないけど、それまで俺、ニコリともしなかったんだぜ。いつもムスッとしててさ」

「え？　そうなんですか？」

健太は頷いた。

「でもそれに気づいてから、できるだけニコニコしていようって思ったんだよな。そして、自分もそのままでいいと思ってもらいたいんなら、相手もそのままでいいって思わなきゃいけないって気づいた。そしたらさ、大袈裟かもしれないけど世界が違って見えたんだよ。社会も周りの人も何も変わってないのに、みんなそのままで仲良くなれんじゃんってなって、誰も完璧である必要なんてないって思えるようになったら、自分もそうじゃなくてもいいんだって思えたっていうか……どう、わかる？」

暖平は苦笑いをした。

「はい。なんとなくですが」

「まあ、相手に変わることを要求するような見方をやめたときから、自分が変わらないと誰にも受け入れてもらえないなんて考えなくなったんだから、原因は全部自分にあったのかもって思ってね。それからは、相手がどんな奴でも、そのままで受け入れて仲良くなれるようになったんだ。俺にとっては、すごい変化だった。その変化をくれたのが落語だったんだな」

暖平は健太の話を聞きながら、なんとなくだが自分にも同じようなことが今起こっているのを感じた。

暖平は人付き合いが苦手で、初対面では自分から話しかけるようなこともなかったし、仲のいい友達をつくるのも苦手だった。

ところが大学生活が始まってまだ三ヶ月しか経っていないのに、同じ学科の同級生とは、誰とでも話ができるようになっている。どうしてそうなったのかなんて考えたことがなかったが、言われてみると、そういった生活面での変化が生まれたのは『落語の世界』との出会いが大きいのかもしれない。

今の自分のままだと受け入れてもらえないという思い込みは健太以上に暖平の方が強かっただろう。

それを相手に対しても要求しているなんて考えたことはなかった。

でも確かにそうかもしれない。

「自分のことを理解してくれる親友をつくるのは難しい」

その思い込みは、自分のことを何でもかんでも理解してくれて、感性が似ていて、性格も受け入れてくれて、つまりは相性として１００％一致するような人じゃなければ、自分を曝《さら》け出すことなどできないと思っているということでもある。

高校時代までの暖平は、まずまず仲良くなっても、何か一点でも意見の相違があったり、受け入れてもらえなかったりした瞬間に、

「まあ自分のことを理解してもらうのは無理だ」

とスーッと消えるように距離を置くことがしばしばだった。

でも今は、根本的には違う性格でも、好みが違っても、価値観が違っても、何か一点、共通の話題でもあれば、それで仲良くやっていけている気がする。

それはまさに落語の世界の住人の繋がり方。

だとしたら、暖平にとっても落語との出会いは大きな転機となったと言える。

二人は駅に着いた。二人ともズボンの裾が雨でびしょ濡れになっていた。

「俺と同じように、本当は自分が相手のことを条件付きで見てるのに、相手が自分のことを条件付きでしか見てくれないと思い込んで、孤独を感じて、生きづらくなってる奴ってたくさんいると思うんだよ。そういう奴らが落語を聞くようになったら、もっと楽になるんじゃないかって思うとさ、噺家っていい仕事だなって思ってさ」

「じゃあ、あにさんは落語家になるんですか？」

「ああ、頑張るよ。でも落語の世界と落語家の世界は全然違うみたいだけどな」

「どういうことですか？」

「師匠によっては徹底的に『そのままじゃダメだ』って、変わることを要求されるってことだろ」

健太はそう言うと、笑いながら駅のホームへの階段を下りていった。

暖平はその背中を見送ると、反対方面行きのホームへと下りた。

階段を下りると健太がいるホームにはすでに電車が滑り込んできていた。

電車の窓の中に、健太が乗り込んだのが見える。暖平は頭を下げた。

健太はいつもの愛嬌のある笑顔を暖平に返して右手を挙げた。

自分の乗る電車を待っている間、暖平は健太が言った言葉を思い返していた。

「でも落語の世界と落語家の世界は全然違うみたいだけどな」

そうだとしても、その世界に入っていこうと決めた健太の覚悟のようなものを、その後の笑い声に感じた。

正範に健太、凜、そして碧。

それぞれが自分の将来と向き合い、前に進もうとしている。それだけで一人の人としての強さを感じた。暖平だけが、将来とか未来というものが宙ぶらりんのまま、何をしていいかわかっていない。

それでも、自分が落語と出会い、彼らと出会ったことで、何も変わっていないわけじゃないことがなんとなく感じられたことは嬉しかった。

暖平は、

「もっと落語を聞こう。そしてできる演目を増やそう」

と思った。

そうすれば、もっと社会と仲良くなれるような気がする。

イヤホンを耳に挿してiPhoneを操作する。先ほど録音した凛の『金明竹』を再生した。

電車に乗り込んだ暖平は入り口横に立って外を見た。あたりはすでに暗くなっていて、窓が鏡のように自分の顔を映し出している。窓にあたる雨は相変わらず強いままだった。

東京でラッシュアワーに電車に乗る自分の姿を一年前の自分は想像もしていなかったが、今ではそれも当たり前になった。

入学式のあの日、部長に出会えていなければ今頃どうなっていただろうとふと考える。

桜吹雪の下で一人座って落語をしていた碧の姿が脳裏に浮かんだ。

「部長、何やってんのかな」

最近顔を見せない碧のことがまた気になった。

第六席　猫の皿

目が覚めると、部屋の灯りもエアコンもつきっぱなしだった。カーテンの向こうが明るいが、果たして今何時なのかわからない。きっと外は地獄のような炎天だろう。

暖平は散らかった部屋のどこかに置いてあるはずのスマホを探すべく、身体を起こした。

簡単には見つからず、

「どこに置いたっけ？」

と思わず独り言を言った。

とりあえず一旦探すのを諦めてトイレに入ると、トイレットペーパーホルダーの上にスマホが置いてあった。

「こんなところに」

夜勤で入っていた道路工事の交通整理のバイトを朝五時に終えて、家に帰ってきたのは朝七時ごろだった。あまりにも眠くて玄関先で警備会社の制服を脱ぎ散らかすと、スマホを手にトイレに入りそれをそこに置いたまま、シャワーを浴びた。

シャワーからあがると、頭にタオルを巻いたまま倒れ込むようにベッドに横になり、そこから先の記憶はない。瞬きを一度したら午後になっていたような感覚だが、結構寝ていたのだろう。

便座に座ったままスマホの画面を見て、暖平は一気に目が冴えた。夕方の四時を過ぎていた。八時間以上寝ていたことになる。

「ヤベェ」

用を足すと、トイレから飛び出して、一番手近に置いてあるジーンズとTシャツの中に身体を滑り込ませた。いつもは五時から別のバイトがあるのだが、今日は落語の練習を凜に付き合ってもらうことになっている。

寝癖がひどいが直す暇は無い。起きてから五分とかからずに支度を終え、玄関を出た。

案の定、外に出た瞬間にサウナのような暖かく湿った空気の塊が暖平を包み込んだ。今日も暑い一日だったようだ。

夏休みに入って、こんな感じの昼夜逆転の毎日が続いている。

果たして今日が何曜日なのかも忘れそうになる。

夏休み明けの定期落語会が迫っていた。

その日は、同じ学科の友人が何人か見にきてくれることになっている。これまでに無いことなので、是が非でも新しい演目を演りたいと思っていたのだが、まったく練習できていない。

今日も昼過ぎには起きて、練習するつもりだったのにできなかった。

このままだと、だいぶ安心してできるようになってきた『やかん』を演るしかなさそうだが、正範の話だと、大体これまでの部員は九月の定期落語会までの間に六つほどの演目を演れるようになっていたらしい。暖平からすると他の部員は全員「普通じゃない」のでその数は参考にならないが、暖平だけがまだ一つしかできないというのはさすがにまずい気がした。その一つも「最後まで演れる」というだけで決して上手いわけではない。

そんな現状に一番焦りを持っているのは暖平自身だったので、なんとか定期落語会までに二つ目の演目を獲得したいと思っていたのだ。


大学のいつもの教室に着いたのは約束の時間の二分ほど前だった。

凜は涼しい顔をして椅子に座ってスマホを見ていた。

すでに、机を寄せ集めた上に座布団が敷かれ、即席の舞台が作られている。凜が早めに来てやっておいてくれたのだろう。

暖平は額から流れ落ちる汗を拭いながら、

「すいませんあねさん。俺がやらなきゃいけなかったのに」

と詫びを入れたが、凜は、

「いいってことよ」

と江戸の職人のような返事をしただけだった。

凜は椅子から立ち上がると、左手を腰に当てながら言った。

「で、こたつは何を演りたいか決まったの？」

「はい。『猫の皿』を演ろうかと」

凜の顔が明るくなった。

「へえ。それ去年あたしが演ったんだよ」

「そうなんですか？　去年見にきた人が今年も来たら、比べられちゃうじゃないっすか」

暖平は情けない顔をして言った。

「大丈夫だよ。誰も覚えちゃいないよ。それにこたつにはこたつの良さがあるから心配しなくていいよ」

暖平は驚いた。

「俺に良さなんてあるんですか？」

「あるある。あたしは好きだよこたつの落語」

暖平は顔が赤くなるのを感じた。

「いや、俺は、あの……」

凜は、暖平の様子を見て笑った。

「で、何割くらいできてんの？」

暖平は苦笑いをした。

「いや、それが、申し訳ないんすけど、演りたいということだけは決まっている感じで、流れ以外はまったく頭に入ってないんです。すいません」

暖平は申し訳なさそうに頭を掻いた。

凜は微笑みを絶やさないまま、

「まあ、そんなことだろうと思ったよ」

と言って、仮ごしらえのステージの方に歩いて行くと座布団の上に座った。

「まずあたしが演ってみるよ。『猫の皿』、覚えてるかなぁ？」

凜はそう言うとすぐに頭を下げた。

暖平は、

「お願いします」

と言いながら頭を下げて椅子に座ると、スマホを取り出して凜の落語を録音し始めた。

★

暖平は小さくため息をつきながら、凜に礼を言った。

「ありがとうございました。『覚えてるかなぁ』どころか完璧じゃないですか」

「へへ、まあ最初に覚えたのが小学生のときだからね」

落語家になるためには噺をたくさん覚えなければならない。それを覚える才能が落語家になるための条件だとしたら、凜ほど落語家に向いている人はいないだろうと暖平には思えた。

新しい演目に挑戦するというときにも、

「あたし次はこれ挑戦しよ！」

と言った次の練習日には、澱みなく噺を最後まで通すことができる。途中でつっかえたり、忘れてしまったりしたのを見たことがない。

「あねさんはなんでも完璧にこなしますよね。いいよなぁ、覚えるのが得意な人は」

「何？　そんなふうに見えてんの？」

凜は嬉しそうな顔をして暖平の顔を見た。

「え？」

「あたしが覚えるのが得意そうに見えてるんでしょ？」

「はい……得意じゃないですか、実際に」

凜は笑った。

「実は苦手なんだよ、覚えるの」

暖平は、嫌味に近い謙遜だと思って取り合わなかった。

「いや、あねさんは俺からすると羨ましいくらい簡単に覚えちゃうじゃないですか。あにさんも俺に比べると全然速いですけど、あねさんほど速くは覚えられないですもん」

凜は首を振った。

「まあ、苦労自慢をするつもりはないけどさ、それはあたしがどうやって落語を覚えてきてるかをこたつが知らないからだよ」

「あねさんが？」

「あたしね、予習が好きなんだよ」

「予習が？　そんなこと言う人初めて見ましたよ」

暖平は呆れたように言った。

暖平の中で「予習」という言葉にはあまりいいイメージはない。

高校時代にもいろんな教科の先生から、

「予習してこないと俺の授業には付いていけないぞ」

としつこいくらい言われていたが、どうもする気になれなかった。どうしても面倒極まりない時間だと感じてしまう。その予習が好きというのはよほど勉強することが好きな人か、先生によく思われたい人、または向上心のあるいわゆる意識高い系の人くらいだろう。

「今、あたしのこと『あねさんは意識高い系だから』って思ったでしょ」

暖平は図星を指されて思わず目を見開いてしまった。

「いや、そんなこと」

「顔に書いてあるよ、まったく。散々周りから『お前は意識高い系だから』とか『よく思われたいから』って言われてきて慣れてるから、もうどう思われようといいんだけどさ。決してそういうわけじゃないんだよね。

あたしは別に、優等生でいたいわけでもないし、意識が高いわけでもないんだ」

「ただ予習が好きだっただけですか？」

凛は首を振った。

「全然。もとは予習なんて大嫌いだったし、むしろまったくやったことなんてなかった。勉強も嫌い。

ただ人生は楽しく生きたい。毎日楽しく生きたい。それだけ。

だからどうしたら楽しい毎日になるかを考えてたの。だけど、そうそう楽しいことなんて起きないじゃない。どちらかというと面倒なことばっかり起こるでしょ日常なんて。授業はつまんないし、家に帰っても宿題やんなきゃならないし、楽しめることを探してテレビをつけてもさ、そうそう面白いものもやってないし、そうこうしていると父ちゃんが店が忙しいから手伝えって言うし。まあ、店の手伝いは後からバイト代もらえるから嫌じゃなかったんだけどさ。

で、あたしが中二のあるとき、カウンターのお客さんが板場の父ちゃんと話してたんだよね。まあよくある光景だから気にも留めなかったんだけど映画の話してたのはわかった。そしたら次の日、父ちゃんがその映画のＤＶＤを借りてきて見てたんだ。お客さんと話してて興味湧いたのかなって思ってあたしも横に座って見てたの。そしたらその映画、ふざけた内容かと思いきや結構いい映画だったんだよね。思いがけず感動しちゃってさ。あたしも見てよかったって思ったの。

うちの父ちゃん暇さえあれば、それこそ映画見に行ったり、本読んだり、新しくできた店にご飯食べに行ったり、急に思い立ったように野球見に行ったりしていて、自由でいいなぁって思ってたんだけど、映画だけじゃなくてもしかしたら、読んでる本も、食べに行ったお店も、店でお客さんと話しているときに話題に上ったのかなぁって初めて思ってさ、父ちゃんに聞いたんだよね。そしたら父ちゃんはとぼけた顔して『ん？　まあな』って最初言ったんだけど、多分、商売人として娘にちゃんと話したいと思ったんだろうね。

ちゃんと言い直してくれた。

『どうせ仕事やるなら、毎日楽しい方がいいだろ。こうやってお客さんとの話で出てきたことに興味を持って動いとくとな、毎日仕事が楽しくなるんだよ。オメエも覚えときな』

って。

それしか言ってくれなかったんだけど、それから二週間後に、その映画を紹介してくれたお客さんがまた来てくれたの。

たまたまあたしも店の手伝いしてたんだけど、『あ、来た』と思って嬉しくなっちゃったんだよね。考えてみると、あたしもあの映画を見たときから、早くあの人来ないかなって心の中で待ってたことに気づいたんだ。そしたら、この前と同じカウンターの席に座って、父ちゃんと映画の話で盛り上がってんの。なんてことないいつものことなんだけど、商売人ってそういうのを大事にできる人じゃなきゃなれないんだって思った」

暖平は話を聞きながら、自分の父、文彦のことを思い出していた。

鉄板焼き屋と写真館という職種の違いこそあれ、家族で店を営んでいることでは共通している。

思えば、文彦も写真を撮りに来た客との会話の中で出てきた本を読んだり、映画を見に行ったり、急に三味線を習いに行ったり、新しい店があると聞けば食べに行ったりしていた。

暖平が、

「何、その本?」

と聞くと、文彦は本から目を離さず、

「ん? お客さんが読んでみてって言うからさぁ」

と言ったことがあった。

暖平は文彦が仕事をする様子を見るのが嫌いだった。

来てくれるお客さんを大切にしたい気持ちはわかるのだが、こちらが見ていて恥ずかしいくらい文彦はお客さんに『迎合』しようとする。

とにかくいろんな会話をするし、仲良くなろうとする。その中で本を薦められたらすぐ読んで、

「いやぁ、あの本教えてもらえてよかったですよ」

映画を見たら、

「あの映画、最高ですね」

店に食べに行けば、

「あの店、行きましたよ。シーフードドリア美味かったです」

そうやって人の話にすぐに影響を受けては相手を持ち上げようとする文彦を見るのが嫌だった。

そして文彦の仕事に対するスタンスは、写真館の中だろうと学校の行事中だろうと変わらなかった。相手が子どもだろうが関係ない。こっちが見ていて恥ずかしいくらい迎合するのだ。どんどん自分から入っていって話しかけて、仲良くなる。笑ってもらうためなら七五三の子ども相手にやるようなことを平気で中高生に対してもする。アフロのカツラを被って遠足に来たこともある。子どもたちがそのアフロに枯葉を挿して遊んでいる楽しそうな顔を写真に収めていった。

凛と暖平は、同じような光景をお互いの父親に見たことになる。

でも、それを見て感じたことはまったく違うことだったということに暖平は少しショックを受けた。

「粉屋の大将は、そうやって人から紹介される本とか映画とかを楽しむのが好きだったんですね」

凛は少し驚いたような顔をして、慌てて首を振った。

「そうじゃないよ、こたつ。予習だよ、予習」

「予習……ですか？」

「そう。父ちゃんもどうせ仕事するなら毎日楽しく仕事したいって思ってる人なんだけど、そのためには予習しろって言ってんの。

ほら、たとえば宿題とかやらないで授業に出ちゃうときがあるでしょ。それまであたしはずっとそうだったんだけどさ。そうするとさ、朝起きたときからもう憂鬱なんだよね。

ああ、宿題やってないな、怒られるかな、どうにか誤魔化せないかなってことばっかり考えてる。授業が始まっても、できるだけ先生と目を合わさないようにして、今日は当てられませんように、当てられませんようにってことばかり考えてビクビクしてさ。そんな毎日だから学校なんて何も楽しいことなかったんだよ。だけど、その日から、ちゃんと宿題やるようにしたの。

別に勉強したかったわけじゃないし、いい成績とりたかったわけじゃないんだ。ただ毎日楽しく生きたいだけ。父ちゃんと一緒。そしたらさ、

『大人が仕事がつまらなくて、仕事以外の時間が楽しいじゃあ人生つまらないだろ。人生楽しむためには仕事の時間が楽しくなくちゃならねぇ。そのためには、ちゃんと楽しむ準備をしなきゃ』

って教えてくれたの。

『それがお前にとっては宿題だ』って。

だから、他の目的じゃなくて、本当にただ明日を楽しむために宿題をするようにしたの。そしたらね、朝から、ううん、何なら前の晩から気分が違うんだよ。

早く学校行きたいし、宿題やってある授業が四時間目とかなら、早く四時間目にならないかなって楽しみにしてる自分がいるんだよね。いざ授業が始まったら今まで当てられませんようにって願ってたのに、難しい問題になればなるほど『これ当ててほしいなぁ』って思ってる。もうね、その日一日が楽しくってしょうがないの」

「じゃあ、映画とか本が好きというわけじゃなくて、それが予習になるからってことですか？」

「そうね。まあ、もちろん映画や本も好きなんだけど。

『お客さんとの話の中で出てきた本を読んでおくと、次にその人に会えるのが楽しみになるだろ』

って笑ってた。あたしもなんとなくそういう感じがわかるようになっていってさ。明日を楽しむためには、楽しむための準備をすればいいってことがね。それを続けてたら勉強も楽しくなっちゃったし、遊ぶのも楽しいし、毎日楽しいの。だから、明日が来るのが楽しみになるくらい準備するのが趣味になっちゃった」

暖平は衝撃を受けた。

「明日が来るのが楽しみになるくらい準備する」

考えたこともなかったが妙に納得できた。

気づけば暖平は中学時代から、何か楽しいことないかなぁと探すようになり、特にそんなものは見つからない毎日を過ごしてきた。結果として、人生そうそう楽しいことなんてないと考えるようになったし、それを自分では人生について達観しているような気でいた。でも考えてみれば、明日が楽しみになるような準備などしたことがないのだ。

凜はいつ見ても毎日が楽しそうだ。

落語の練習も、実際の高座も、大学生活も、数ヶ月前に見た店で働いている姿も、いつも活き活きとしてあらゆることを楽しんでいるように見える。

「そういう性格の人はいいよな。生まれつき、そういうことができる人だから……」

と単純に、生まれ持った性格のせいにして羨ましく思っていたが、そうなるために準備をしているのだとしたら、元々そういう性格の人はいいよなと羨ましがっている場合ではない。

思い出してみると父の文彦も毎日楽しそうだった。

写真館で撮影するときも、学校行事に参加するときも、何かの会合に出かけるときもいつでもそうだ。暖平は自分と文彦では性格が違いすぎると思っていたが、もしかしたら、文彦も明日が来るのが楽しみになるくらい準備をしていただけかもしれない。

暖平は、今まで考えたこともない視点を得ることで、父親がまったく違う人に見えてきた。

「あねさんが毎日楽しそうに見えるのは、そうなるまで準備してるからなんすね」

「そうよ。落語だって簡単になんでもできるって見えてたんでしょ。とんでもない。めっちゃ時間かけて練習してから来てんのよ。あ、でも健太には内緒ね」

凜はイタズラっぽく笑った。

「あねさんだったら、どんな仕事しても、それこそ企業とかに就職しても出世しそうだな」

凜は笑顔をつくったが、どこか寂しそうだった。

「そうでもないよ」

「どうしてですか？」

「あたしの将来の夢知ってる？」

「落語家……ですよね」

凛は微妙な笑みを浮かべた。

「本当はね、先生になりたいんだ。なりたかったと言った方がいいかな」

「え？」

暖平は驚きの声をあげた。

「自分が『宿題』を使って、毎日楽しいことだらけってできるようになったでしょ。それを教えてあげたいっていうか。勉強できるようになりたいんじゃなくて、明日が楽しみになるまで準備をしてただけなのに、勉強もできるようになるし、ほらこうやって大学にまで来ちゃったし、そのことを教えてあげられたらなって思ってたの」

「『思ってた』って、いいじゃないですか。先生。なりましょうよ。そんなこと教えてくれる人いたら子どもら幸せですよ」

凛は首を振った。

「去年ね、塾で講師のバイトをやったんだ。そこで、やっぱり向いてないって思った」

「どうしてですか？　あねさんが先生だったら絶対生徒からも大人気でしょ」

「そりゃ当然でしょ」

凛はちょっと茶化すように言った。

「あたしね、そこでも楽しく仕事がしたいと思って、授業の準備も頑張ってやっていったし、塾長から、あの本読んだらいいよとか、あの映画見たことあるかとか、あのお店行ってみてとか、子どもたちからもあの曲いいよとか、いろいろ教えてもらってはそれを読んだり、見たり、聴いたり、実際に行ってみたりしてたの」

「はあ、それで自分の時間がなくなって、いっぱいいっぱいになっちゃったんすね」

「そうじゃない。すごい楽しくて、生徒たちからも人気になったんだけどさ」

「じゃあ、いいじゃないですか」

凜は首を振った。

「他の先生から嫌われちゃった」

「え？」

「塾長はあたしのこと気に入ってくれて、他の先生たちに、それこそ社員たちにも溝口みたいにしっかり授業の準備をしてきてほしいって言ってくれてたの。でも周りからは『職場に意識高い系がいると、普通に仕事してるのにやってない扱いされるから面倒だよな』とか言われるようになって、そのうち、お金も出ない時間外労働を強制されるのはおかしいって塾長は責められるし、『気に入られようと必死すぎて引く』とか、『出た、ブラックを助長する奴』とか、散々裏で言われたんだよね。あたしはただ毎日楽しく仕事するために準備してただけなのに酷い言われようでさ」

「そんなの気にすることないじゃないですか。あねさん何も悪くないんだから」

「うん。あたしもそう思ったんだけどさ。その塾を辞めたアルバイトの大学生が、ツイッターで『〇〇塾のブラックな内情』みたいな感じで呟いたのが問題になっちゃってさ。『タダ働きを強要するブラック塾長に、その教えに子どもを洗脳しようとする意識高い系女子が働いてるヤバい塾』みたいに書かれちゃったの」

「そんな……」

「バカバカしいでしょ。洗脳とか、意識高い系とか、言われてもさ。ほら実際はこうだっていくら説明しても意味ないくらい、そういう言葉って怖がられるには十分でしょ。

あたしはただそうした方が楽しいからやってるだけなのに。でも塾長は結構凹んじゃってさ。

そりゃそうだよね、そんな噂が地域で立ったら生徒が集まんないもん。そのせいで実際に生徒が減ったんだ。だからやめた」

「その塾を……ですよね」

暖平は恐る恐る聞いた。

凜は首を振った。

「先生になるのを。やっぱり、企業とか組織とか向いてないんだよ。やりたいことをやりたいようにやるだけで、ブラックだとか、意識高い系だとか、洗脳だとか言われる世界になんていたくないよ。鉄板焼き屋とか、落語家とか自分一人の力でどうとでもなる仕事の方が性に合ってる。それならどれだけ、明日が楽しみになるように時間外に準備したって誰も文句言わないでしょ」

凜は少しうつむいた。

何でもできる。いつも明るい。毎日楽しそうに生きている。将来に迷いがなさそう。

そんなふうに見える凜も、自分の将来に対して迷い、苦しみ、頑張って自分なりに答えを出そうとしている。

そのことに暖平は初めて気づいた。

「あねさん、結構努力家だったんですね」

「そうだよ。何だと思ってたのさ。でも、もう一回言うけど、健太には内緒ね」

暖平は帰る道すがら、高校時代の美術の先生の言葉を思い出していた。小野寺《おのでら》先生だ。

帰宅部だった暖平は放課後どこに寄るわけでもないが、たまにフラッと美術室を訪れることがあった。小野寺先生はそれまで出会ったどの先生とも違う人だった。

何が違うかを言葉で説明するのは高校生だった暖平にとっては難しい。

でも、一人だけ違うのだ。

学校の中でも目立たない、特に勉強ができるわけでもなければ、クラスの中心というわけでもない、騒がないから悪目立ちもしないし、卒業したら真っ先に忘れられそうな存在だった暖平のことを、誰よりも気に入ってくれていた唯一の大人だろう。

暖平の描いた絵を褒めてくれたところから、暖平も心を開くようになった。

「門田、絵描きになれよ」

と冗談交じりで言ってくれるその言い方を今でも鮮明に覚えている。

それまで誰にも絵を褒められたことはなかったし、自分でも上手いと思ったことはない。だ

がその小野寺先生だけが、

「才能の塊だろ」

と言ってくれるのだ。不思議だったが嬉しかった。他の生徒に言っているのを見たことがなかったからだ。

その先生が言ったことがある。

「出る杭は打たれるって言うだろ。人間はさ、落ちていくときとかダメになろうとするときは誰かを誘おうとするくせに、上がっていくときとかよくなろうとするときはコソコソ自分一人で行こうとするんだよな」

どうして急にそんなことを言い出したのかはわからない。

もしかしたら先生も、凜と同じように学校という組織の中に身を置くと自分らしく生きることができないと思っていたのかもしれない。

小野寺先生は暖平たちが卒業するときに学校の先生を辞めた。

もう二度と会えないのだろうと思うと少し寂しくなった。

中入り

暦の上では秋になったのはだいぶ前だが、半袖のTシャツでも十分過ごせるくらいの陽気で、窓の外には抜けるような青空が広がっている。

武蔵野線の電車に揺られながら暖平は、イヤホンでは新しい演目として覚えようとしている『茗荷宿《みょうがやど》』を聞いていた。

九月の定期落語会でやった『猫の皿』は自分の中では結構上手くいったと思っていた。それまで落語を披露する場所といえば、老人ホームしかなかったので、大学内でやった最初の落語だったということもある。同じ学科の知り合いも何人か来てくれたことで、緊張はしたが結構盛り上がった。笑いも取れたし、終わった後に凜や健太から、

「こたつ、良かったよ。今までで一番じゃない？」

と言ってもらえた。クラスメイトたちからも、

「いやぁ、門田の落語初めて聞いたけど面白かったよ」

と声をかけられた。

中でも、同じ学科の同学年、本城美結《ほんじょうみゆ》からからかけられた、

「門田くん、なんか素敵だった。次も絶対聞きに行くね。私も『こたつくん』って呼んでい い？」

という言葉に有頂天になり、顔がだらしなく緩むのを隠すのに苦労した。

美結とはいくつか同じ授業をとっているので、それまでは同じ教室にいるのは知っている程度の知り合いだったのが、その日を境に会えば必ず、何かしらの話をする仲になっている。

美結が言う『こたつくん』という響きに暖平は思わず鼻が膨らむのだ。

そんなこともあって、次のお披露目に向けて俄然やる気になっている。せっかく美結をはじめとした友人たちが『また来る』と言ってくれているのに、前回と同じ演目をするわけにはいかないということで、以前部長と一緒に寄席に行ったときに、ある落語家が演っていた『茗荷宿』を選んだ。

ただ、暖平の心は沈んでいた。

一つには『猫の皿』を上手く演れたと思っていたのは思い込みで、実際には酷い出来だったことを今は知っているから。

みんなから良かったと言われた分、期待値が高かったというのがあるが、正範が撮っておいてくれた動画を見ると、あまりにも酷くて吐き気すら覚えた。

声はうわずっていて甲高く、早口なくせに滑舌が悪いので聞き取りにくい。

「え〜」とか「あ〜」という無駄な言葉も多くて、その声が低く、噺の途中の甲高い声との落差が気になる。そして一度それが気になりだすと噺に集中できないほど耳障りに感じる。

旗師《はたし》と店主の会話に終始する、登場人物の少ない演目なのに、話し方にも、声の調子にも、スピードにも変化がなく、どっちが話をしているのかわからない。

これじゃあ落語というよりも、落語のネタ帳を読んでいるだけだ。

自分の動画を見るのが何よりも苦痛というトラウマは子どもの頃からまったく変わっていない。

自分はこう動いているはずという思い込みと、実際にどう動いているかという客観的見た目には、いつだって埋めようのないほど大きな開きがある。

「これが自分か」

と現実を突きつけられると愕然とする。

その点写真はいい。瞬間を切り取った一枚は、逆の意味で、

「これが自分か」

と嬉しくなるほどいいショットが多いのだ。まあ、撮っている人間がそれを仕事にしている人だから当たり前なのかもしれないが。

それでも落語の上達のためには、現実と向き合わなければならない。

穴があったら入りたいほど恥ずかしい状況は、撮影した動画を見て初めて自覚できるが、自覚しようがしまいが、穴があったら入りたいほど恥ずかしい落語をしていることには変わりはないのだ。

その苦痛を乗り越えて、次回は少しでも自分が見ても恥ずかしくない落語にしたい。

何しろ、多くのクラスメイトがまた来てくれると言ってくれたのだから。まあ、実際のところ、暖平にとっては本城美結にもっと上手くなった姿を見せたいという思いだけが、その苦痛を乗り越える原動力になっている。

暖平の心を沈ませている理由のもう一つ。

上京後初めて実家に帰る電車の中にいるからだ。

ただ帰るだけならそれほど憂鬱なことではないのだが、仕事に駆り出されるのである。

十月の土日は小中学校の運動会が集中する。

暖平の実家、門田写真館が卒業アルバムを担当している二つの小学校の運動会が同じ日に開催されることになってしまったのだ。他県の同業者や、付き合いがある写真館関係者など方々に声をかけて人を探したようだが、やはりこの時期はどこも運動会があり手伝ってくれる人を見つけることができなかったらしい。

かといってどちらかの小学校にカメラマンがいないというわけにもいかず、手詰まり状態になり、

「父さんが困ってるのよ」

と父の文彦ではなく、母の桃子《ももこ》が電話で訴えかけてきたのだ。

暖平は、

「俺は絶対やらないよ」

「そもそも日程が重なるほどたくさんの学校と契約するのがおかしいだろ」

と断り続けていたが、

「田舎で自営業をしながら、子どもを都会の大学に行かせるんだから、それくらいしなきゃならないのよ」

と言われると、返す言葉もなく、

「本当に誰もいないの？」

「いないままだとどうなるの？」

と聞いているうちに、

「どうしても、どうしても誰も見つからなければ、最悪やるけど、その代わりどんな写真になっても責任取れないよ」

と言ってしまった。

「それでいい」

という返事も文彦ではなく桃子からだった。

あくまでもお願いしたのは母の桃子であって、父の文彦ではないということにしたいのだろうか。そのことはずっと癇に障っているのだが、

「父さんからお願いされなければ俺は行かない」

なんて言うのも大人気ないと思って言っていない。

電車でせいぜい三時間という距離にもかかわらず、大学に入学してから実家に帰るのは今回が初めてだった。

暖平は一つため息をついた。

「なんで俺がこんなことやんなきゃいけないんだよ」

電車は南浦和に近づいていた。

★

半年ぶりに歩く地元の通りは、人通りもなく一気に寂れたように感じられた。

実際には、東京の街の人の多さに目が慣れてしまっただけで、おそらく暖平が住んでいた頃と変わりはないのだろう。

家に着くと、表通りに面した店の入り口ではなく、裏手にある玄関からいつものように入った。

「ただいま」

小さく言ってみたが、特に返事はない。

文彦も桃子も出払っているようだ。今日もどこかの中学で運動会があるとは聞いていたから、いないことはわかっていたのだが、そのことを差し引いて考えても、二人の子どもが巣立っていった家の中は、この街と同じくなんだか寂しい感じがした。

夕方には母の桃子が、たくさんの買い物袋をぶら下げて帰ってきた。

「一人暮らしだとちゃんと食べてないでしょ」

と暖平のために張り切って夕飯を作る気満々である。

どんな理由であれ、桃子にとっては、暖平が帰ってきて家の中にいるというのが嬉しくてたまらないようだ。

「一人暮らしは慣れた？」

台所から質問が飛んでくるが、

「まあね」

とだけ答えて、

「そっちはどうなの？」

と暖平は返した。

「こっち？　こっちは何も変わらないよ」

桃子は微笑んだが、変わらないはずがない。四人だったのが三人になり、二人になったのだから。

暖平は大学での様子を桃子に話した。

落語を始めたこと。できる演目はまだ二つほどであること。今は十一月の学祭のために新しい演目に挑戦しようとしていること。交通整理のバイトのこと。飲食店でもバイトしていることなど。

　桃子は手を動かしながら暖平の大学での様子を楽しそうに聞いていた。

「母さん落語なんて聞いたことないからなぁ。暖平の落語聞きたいな。何か演ってよ」

「演らないよ、ここでは」

「じゃあ、学祭に見に行っちゃおうかな」

「やめてよ。絶対に来ないでよ」

　暖平は全力で阻止すべく、強い口調で言った。

　そのタイミングで、玄関が開いて文彦が帰ってきた。

「おかえり」

　暖平が小さい声で言った。

「おお、もう帰ってたのか」

　そう言うと、文彦は台所の様子を一瞥して、

「まだ時間かかりそうだから、先に明日のことちょっと話しておこうか。カメラの使い方も説明するから。こっちに来てくれ」

　そう言うと店の方に行くべく歩き始めた。

「まったく、労《ねぎら》いの一言でも言ってからでもバチは当たらないだろうに」

　暖平は心の中でそう思ったのだが、文彦からそんな言葉をかけられることは、はなから期待してはいない。暖平は無言で立ち上がると、文彦の後を追った。

★

暖平が担当する学校は、家から車で二十分ほどかかる場所にある小学校だった。

運動会の日程が重なっているもう一つの小学校は近所にある暖平の母校だったから、そちらに行けるものだとばかり思っていたのだが、そちらは文彦が担当する。

学校までは桃子が車で送ってくれたが、そこから先は終わるまでずっと一人でいることになる。

正門横のインターホンを押して、

「門田写真館の者です。本日は撮影をさせていただきます。よろしくお願いします」

とあらかじめ用意してあった言葉をそのまま告げた。

変に斜に構えた言い方にならずに済んだのは、日頃から落語の練習をしているからだろう。

話すイメージとしては、行商人が玄関先で家主に向かって声を張り上げる場面といったところだろうか。

「はい。よろしくお願いします」

というインターホン越しの声と共に、ガチャリと門の鍵が外れる音がした。

暖平は教頭先生を訪ねるように言われていたので、まっすぐ職員室へ向かったが、そこで迎えてくれたのは、小学校四年生のとき暖平の担任だった山下先生だった。

「おお、門田くん」

山下先生は昔と変わらない、響くような大きな声で暖平のことを呼ぶと近づいてきて握手を求めた。

がっしりとした体格で、いつも見上げていたから大男というイメージだった山下先生だが、今では頭ひとつ分、暖平の方が背が高く、見下ろすような形になっている。

「山下先生じゃないですか」

「お前、俺に許可なくこんなにデカくなって」

とお互いに声を弾ませた。

どうやら、文彦が暖平をこの学校によこしたのは、こちらには山下先生がいるからのようだ。

「先生、教頭先生になったんですか?」

「ああ。お前は大学行ってんだってな。どうだ東京での生活は」

「結構楽しくやってます」

暖平の顔を見て山下先生は嬉しそうに頷いた。

「そうか。何かいいことあったって顔してるな。彼女でもできたか?」

「そんなんじゃないっすよ」

暖平は美結を思い浮かべた。自然と笑みが溢れてしまう。

「今日は天気もいいし、暑くなりそうだから、写真撮影は大変な重労働になると思うけど頼むな」

暖平は肩を叩かれた。

山下先生の言葉がおどしではなく、大変な一日になりそうだというのは、児童たちが入場してくる開会式と、その流れで行われたラジオ体操を終えた時点で感じた。

澄み切った秋晴れで運動会には最高の一日だが、重い一眼レフを二つ両肩からたすきがけにして、児童たちを追いかけ回しながら撮影する暖平にとっては地獄のような苦しみだった。子どもたちは種目を終えるとテントの下に戻るので、少しは楽なのだろうが、暖平は出突っ張りになる。

小さく折り畳まれたプログラムを開いては種目を確認し、またポケットにしまうということを何度繰り返したことだろう。プログラムは暖平の汗と土埃であっという間にシナシナになって、折り目から破れてしまっている。

午前中のプログラムが半分終わる頃には、シャツもズボンも汗で濡れ切っていて、半袖のシャツの先から出ている腕は、日焼けで赤くなり熱を帯びている。

「こりゃやばいな」

一つ種目を終えるたび、あと半分、あと四分の一でお昼、あと三つ、とカウントダウンして、自分を鼓舞する必要があったが、ようやく迎えたお昼の時間も、暖平にとっては休憩時間ではなかった。

食事会場となっている体育館に行って、家族でお弁当を食べている様子を撮影しなければならないのだ。

やってみて驚いたのは、子どもの側から暖平の方に寄ってくることだった。

「ねぇ、いつものおっちゃんじゃないの？」

と何人もの小学生に聞かれた。文彦は子どもたちの間でやはり人気があるらしい。

「いつものおっちゃんじゃないんだよ、今日は」

暖平がそう言うと、別にがっかりするわけではないが、

「ふうん」

とその場に立ったまま、何かを待っている様子の子がほとんどだった。

文彦なら何かしらで盛り上げてくれるのだろう。

暖平はどうしていいかわからず、

「じゃあ、写真撮ろっか！」

と声をかけるくらいしかできなかった。

もう一つ驚いたことは、どの種目についても、どこからどんな写真を撮ろうというプランが自分の中にちゃんとあったことだった。

「これはあそこの位置から、こう狙った方がいいな」

そう感じるとすぐに走ってそのポイントに移る。

そこで思ったような画《え》が撮れなければ、すぐに移動して、思い通りの構図を探すのだが、大体どこに移動すればいいのかわかるのだ。

それはかつて自分が撮ってもらって嬉しかった写真の構図だということに暖平は気づいている。

小学校だけじゃない、中学、高校とイベントのたびに父親がそこにいるのは、嫌で仕方がなかったが、その仕事の仕方、つまりカメラマンとしての父の動きは見ていないようでこれまでずっと見てきたのだ。

シャッターを切り続ける暖平は、

「この写真は喜ぶだろうなぁ」

と思うと徐々に嬉しくなり、低いアングルから狙うためにグラウンドに腰を下ろしたりしているうちに、汗で濡れた洋服にグラウンドの土がついて、気づけば真っ黒になっていた。


運動会が終わって家に戻ったときには、腕も顔も首筋も日焼けで真っ赤になっていた。

「疲れたでしょ。お疲れ様」

と桃子に言われたが、

「いや、別に」

と暖平は答えた。

本当は疲れ切っていたが、先に家に帰って撮ってきた写真の選別をしている文彦が、何事もないような顔をしているのを見て、疲れたと言ったら負けのような気がしたからだ。

ただ、父親がやってきた仕事を初めてやってみて、こんな大変なことをいつもやっているんだということがわかったことは、暖平の心に少なからず変化をもたらした。

自分や姉を育てるために、この重労働を「当たり前」のように日々こなし続けてきたのだ。

もちろん今も自分が大学に行くためにその当たり前を続けてくれている。

「ありがとう」

という言葉を言うのは照れ臭く、とてもそんなことを言い合える親子関係ではない。

暖平は二台のカメラを差し出して、

「俺なりに、頑張っていいショットを撮ってきたつもりだけど、あまり売れなかったらごめん」

と言いながら渡した。

「ご苦労さん。売れなくったっていいのさ。運動会に拍手と応援が戻ってくれば」

文彦はそう言いながらカメラを受け取ると、それはそのまま机の上に置いて、先ほどまでやっていた自分が撮ってきた写真の選別作業を続けた。

その学校の保護者が閲覧して、気に入った写真があったら買えるという、インターネットを利用したシステムに、自分が撮ってきた写真を登録しているのだ。

それが終わったら、暖平が撮ってきた写真もチェックするのだろう。

暖平は、その作業を待たずに文彦の作業場から出た。

「俺、風呂入ったらすぐ帰るから」

文彦の背中にそう告げると、

「ああ。ありがとな。バイト代は成功報酬な」

と文彦はいつものように無愛想に言った。

「別にいらないよ」

暖平はそう言うと浴室に向かった。

桃子からは、

「泊まっていけば?」

と言われたが、明日は一限から授業がある。今日中に帰らなければならなかった。

桃子が高崎駅まで車で送ってくれた。

「今日はありがとね。父さん、本当はすごく嬉しそうだったんだよ」

そんな話をしてくれたが、

「うん」

とだけ返事をした。文彦のその気持ちは暖平もわかっているつもりだ。

帰りの電車の中で『茗荷宿』を覚えて帰ろうと思っていたが、上野東京ラインに乗った瞬間に寝てしまった。大宮で乗り換えるつもりが気づけば品川まで乗ってしまい、慌てて引き返した。

立ち上がろうとするたびに、固まってしまった筋肉が悲鳴を上げる。

「親って大変だなぁ。このしんどいことをずっとやってきたんだもんな」

第七席　抜《ぬ》け雀《すずめ》

学祭まであと十日に迫った水曜日。

暖平は久しぶりに予定のない午後を迎えていた。

平日の夕方からは普段であれば焼肉屋のアルバイトに入っているのだが、この日は学祭前の特別練習があるかもしれないからという理由でシフトに入っていなかった。

ところが結局集まってやる練習よりは、各々が個人で時間を取りたいということになり、

「個々でやっておいてください」

という通達が昨日の夜のうちに正範からＬＩＮＥで送られてきていた。

暖平が演ろうとしている演目『茗荷宿』は、自分なりには仕上がっているつもりだが、まだまだ上手いとは言えない。

あと十日で、なんとか今よりもいいものに仕上げたい。

何しろ、

「学祭はこたつくんの落語を見ること以外の予定は特に決まってないんだ。それだけがホント楽しみ」

と美結が言ってくれているのだ。

美結は、暖平が話題を探すことなく自然に会話することができるようになった最初の女子だろう。これまで「女子と話す」となると、

「何話せばいいの？」

「どんな話題から入るのがいいの？」

「自分が興味あることに女子が興味あるとは限らないでしょ」

と下手に考え込んでしまうので、できる限りそういう場面を避けてきた。

ところが相手が美結となると、話題をどうしようなんて考えなくても、いろんなことを話したくて仕方がなくなるのだ。

落語の話もたくさんした。

あるとき美結が、

「え！　私も寄席とか行ってみたい」

と無邪気に言った。暖平はそれまで何も考えずに話をすることができていたのに、急に緊張して言葉に詰まった。

頭の中に咄嗟に浮かんだ言葉が、

「今度、一緒に行く？」

だったからだが、その言葉はこれまでのように自然に口から出てこなかった。

暖平の中の何かがその言葉を止めた。

口にできなかった理由は、「断られたらどうしよう」という感情だったり、「自分も案内できるほど寄席に詳しいわけではない」という理由だったり、「二人で一緒に行けたとして、それってデートなのか？」と考えると落語どころではないと思ったり、「いや、そういう感じで誘われても、私そういうつもりじゃないから」とこれまでの良好な関係を台無しにするような一撃になりはしないかと心配したからだが、それでも、その話があってから日が経つにつれて、「どうして、あのタイミングで、『一緒に行く？』って誘わなかったのか」

という後悔の念は強くなる一方だった。

まあ自分を擁護するならば、なにぶん前回は唐突すぎた。何の前触れもなくあんなこと言われても、うまく誘うなんてできない。ただ、もし次に同じ言葉が出てきたら、絶対誘おうと心に決めてはいる。そしておそらくそのタイミングは学祭の日になると睨んでいる。

暖平の『茗荷宿』を美結が見る。

きっと「すごい面白かった」とか「すごく上手くなってる」とか、何かしらの感想を言ってくれる。そのときに「寄席で勉強したからね」と暖平が水を向ければ、

「え！　私も行ってみたい」

と美結は言うだろう。そのタイミングだ。

口が裂けても人には言えないが、暖平の中ではその時がやってきた場合のシミュレーションが何度も繰り返されていた。

断りやすいように、

「言ってくれれば俺がいつでも連れてくよ」

と言ってみようと思っている。

だから、是が非でも『茗荷宿』は成功させたい。

自主練となったことで時間ができた今日は、周辺のお店などのリサーチも兼ねて寄席に行こうと思っている。

寄席は、浅草、新宿、池袋、そして上野にある。

それぞれの寄席には興行中のトリを務める「主任」がいる。

それまではおよそ十五分がそれぞれの持ち時間だが、主任だけは少し長めの演目を演る。

各演芸場のホームページで今日の出演者をチェックした。碧に連れて行ってもらったときに衝撃を受けた今昔亭文聴が浅草の夜の部の主任を務めていることがわかった。

「浅草だ」

暖平は即決した。

平日の午後ということで人出もそれほどないだろうと思っていたのだが、浅草は外国人観光客や修学旅行生でごった返していた。どうやらここは土日も平日も関係ないようだ。

雷門を抜けて仲見世通りを通り、途中アーケードの商店街に入る。

以前も通ったルートだが、浅草演芸ホールを探しながら歩いた前回とは違って、このあたりで食事をするならどこがいいか、ちょっと休むための喫茶店はどこにあるかといった視点で歩く浅草の街は、どこもかしこも行ってみたい気になるお店で溢れているように感じた。

「本城と二人で来るなら」

と妄想が暴走しそうになるのをなんとか止めながら寄席へと向かった。

浅草演芸ホールには夜の部が始まる十分ほど前に到着した。

出演者の木札が外に掲げられている。それをスマホで写真に収めると、チケットを買って劇場の中に入った。

平日の夕方だというのに、会場内は結構多くの客が入っていた。

暖平は舞台に向かって右側の通路を前に進んでいった。前から二列目の席に一つ空きがあるのが後ろから見てわかったからだが、その空席の隣には碧が座っていた。

「部長！」

暖平はかなり驚いて碧のもとに駆け寄った。

「おう、こたつ」

碧は嬉しそうな顔をして暖平のために足元に置いてあったバッグを除《よ》けてくれた。

「部長、こんなところで会えるなんて思ってませんでしたよ。どこ行ってたんですか？」

「どこ？　そんなの、あちこちに決まってんだろ」

碧は笑って誤魔化した。

「まったく落研に出てくれないじゃないですか。俺はいつ会えるのかってずっと待ってたんですよ。正範さんに聞いても『部長がそういう人なのは今に始まったことじゃない』とか言われるし、あにさんは『山にでも籠《こも》ってんじゃないの』って心配した様子もないし、あねさんは

『昔の東海道を歩いて京都まで行ってんじゃない？』って自分で言っといて『そんなわけないか』って一人で笑ってるんです。

　誰も部長がどこで何やってるかわかんないのに、部長のこと心配してないんですから。そっちのことも心配になっちゃいますよ」

「何を心配してんだよ、こたつは」

　碧は満面の笑みを浮かべながら、暖平の肩をバンバンと叩いた。

「落語の方はどうだ。何ができるようになった」

　暖平は苦笑いをした。

「『やかん』と『猫の皿』は最後まで行けます。相変わらず下手くそですけど。あにさんに教えてもらって『金明竹』を練習中ですが全然ダメで、あと来週の学祭用に『茗荷宿』を練習しています」

「そうか。そりゃあ楽しみだな。俺も来週から練習に行くから」

「えっ！　本当っすか？」

　暖平は弾けるような笑顔を碧に向けた。

「そんなに喜んでくれるとは光栄だね」

「そりゃあ嬉しいですよ。学祭も出るんですよね」

「ああ。アタボウよ。すげえのやるよ。ずっと練習してっから」

　暖平にとって学祭が特別な日になりそうな気がして一層ワクワクしてきた。

「ほら、始まるぞ」

舞台袖から三味線と太鼓の音が聞こえ始めた。

「はい」

暖平は目を輝かせながら舞台を見つめた。

★

「ふう〜」

中入りとなり、多くの観客が立ち上がってトイレに向かう中、暖平は落胆とも感嘆とも取れる息を漏らした。

小さいノートに噺家の名前と演目、気づいたことや印象などを短い言葉で書き加えているのだが、そのノートをまじまじと見つめた。

「こたつが演りたい演目が見られてラッキーだったな」

碧が暖平の様子を見て声をかけてくれた。ここまでの時間で、ある重鎮クラスの噺家が『猫の皿』を、こちらもキャリアの長そうな女性の噺家が『茗荷宿』を演っていたのだ。

「いやぁ、それが、まったくどうしていいかわからなくなっちゃいました」

暖平は弱りきった顔を碧に向けた。

「もちろん、話が変わったりはしないんですが、俺が演ろうと思ってた『茗荷宿』とは雰囲気も、テンポも、主人とその妻のキャラクターもまったく違ってて……元々、ＹｏｕＴｕｂｅで噺家さんが演ってる『茗荷宿』を真似して演ってるだけだったんですけど、こうも違うと、どっちを参考にしていいのかわからなくなって……」

碧は深く頷いた。

「それが面白えんだよ、こたつ。同じ噺なのに、演る噺家によってまったく違った雰囲気になるんだよ。落語好きには、あいつのがいい、こいつのはつまらねえってあれこれ批評する奴もいるけどさ、俺にしてみれば『みんな違ってみんないい』だ」

「本当に、みんな全然違いますよね」

暖平はしみじみと頷いた。

「こういうのを『個性』ってんだよ。覚えときな」

「個性？」

「ああ。師匠から教わった通り、まったく同じようにできるまで練習して、間の取り方や、表情の付け方まで真似してできるようになって演ってみるんだけど、全然違うものになる。

そうやって表れてくるのが個性ってやつだ。

誰の真似もしないで、誰もやってないことで、オリジナルを生み出して、自分らしさってやつを発揮しようとしても個性なんて育たないんだよ。

俺が古典落語が好きなのはね、こうやってみんな同じ噺をするのに、そこに一人一人の個性が色濃く爆発するからなんだよ。

徹底的に同じことをやってみないと、個性なんて発露しない。

だって、どこまでも同じことをやってるのに、一緒にならない部分のことを『個性』っていうんだろ？」

碧はいつも一瞬にして暖平の価値観を根底から覆して、新たなものの見方を与えてくれる存在だ。

ほんの三年人生を長く生きているだけで、こうも違うものかと毎度衝撃を受ける。

「高校時代に俺がギターやってたのは言っただろ？　そんときな、アメリカから有名なロックバンドが来日した。もう迷わずチケット買ってさ、名古屋からわざわざ東京まで見にきたんだよ。

俺もな、誰もしないような派手な格好で行ってやれ！　それがロックだ！　って気合い入れてさ。

当時はロングヘアーにパーマでさ」

「え！」

暖平は驚いた。

「レザーのジャケットだったり、装飾だったりをジャラジャラつけて行ったわけ。

新幹線なんてチラチラ見られるわけよ。誰もそんな格好してないから。

俺はね、『これが俺の個性だ！』なんて思ってた。そしたらどうだい。ライブ会場行ったら、みんな俺とおんなじような格好してやんの。笑っちゃったよ。

『俺は誰の真似もしない！　俺だけのスタイル！』って決めてったら、みんな同じになっちゃった。

おそらく新幹線でチラチラ見てた人もさ、『あの人個性的！』なんて思ってなかったんだろうな。

きっと『ああいう系の人最近よく見るよね』って思ってたんだよ。

でもさ、ここに登場する噺家さんたちを見ろよ。

ほぼほぼ坊主頭で、みんな同じ格好なのに、みんな個性的だろ。一人一人の味が全部違うんだ」

数日前、暖平が撮った写真が結構評判がよくてたくさん売れていると、母の桃子から連絡があった。そのとき、

「父さんも、暖平らしさが出たいい写真だって言ってたわよ」

と言われたのだが、暖平は、

「父さんの写真をいつも見て育ったからそれを真似しただけだ」

と思っていたのだ。でもそれに似せようとして必死でファインダーを覗いて撮った写真を見て、その父親が「暖平らしい」と言った。

まさに、個性というのはそうやって育てるのだと碧に教わった気がする。

小中高と暖平が育ってきた過程において、

「自分らしさを大切に」

「自分にしかできない何かを」

「あなたにしかない才能を開花させて」

「個性を大切に」

という言葉と何度も出会ってきた。先生からも何度言われたかわからない。

でも、じゃあ自分らしさや個性はどうやって磨くのか、育てるのか、誰も教えてくれなかった。

だから自分で考えるしかなかった。

「個性的」という言葉は「人とは違う」という意味で使われる。

だから、人とは違うことをすることで個性が磨かれるのではないかと何となく思っていた。

だが、いざ人とは違うことをやるとなると、それはそれで難しい。

どれもこれもどこかで誰かがやってきたことばかりになってしまう。

「自分にしかできない何かって何だ」

「自分らしさって何だ」

そのことばかり考えて何もできない日々は、そのうち暖平自身の心を無気力にしていった。

そんな暖平の心に、碧はたった一言で、光を与えてくれた。

あの人みたいになりたいと、まるごとその人の真似をしようとしても、どうしても同じものにはならない。そうやって生まれる違いのことを「個性」という。

これほどまでに、ハッキリと、しかも納得のできる言葉で「個性の磨き方」を教えてくれる人に暖平は出会ったことがなかった。

「こたつは、何が正解かなんて考えないで、こたつが真似したい落語家の『茗荷宿』をできるだけそのまんまやればいいんじゃないか。そうすれば、こたつらしさが出てくると思うぜ」

碧は言った。

気づけば席を立った人たちのほとんどが戻ってきて、元の座席に座っていた。

「さあ、また始まるぞ」

碧の言葉に暖平は、

「はい」

と明るく返事をした。

★

圧倒的な存在と出会ったとき、人は無口になるようだ。

主任として高座に上がった今昔亭文聴が披露したのは『抜け雀』という演目だった。

何かを学び取ろうと思いながら、文聴を見つめていた暖平だったが、落語が始まった瞬間に文聴が作り出した噺の世界の住人となってしまっていた。いや、もう彼が姿を現した瞬間からと言っていい。

あとは、ただただ爆発したように溢れ出る個性に圧倒されっぱなしで最後を迎えた。

感想など口にすることもできないほど、幸せな気分に浸っていた。

この時代に生き、直接この人の落語を聞くことができる幸せとでも言えばいいだろうか。

おそらく碧もその余韻に浸っているのだろう。外に出ても、今見た落語の話は一切しなかった。

あたりはすっかり暗くなっていて、スカイツリーの方角に大きな月が輝いていた。

「こたつ。次の練習はいつだ？」

「えっと、日曜は集まることになってます」

「そうか、じゃあお前、土曜日暇か？」

「はい……」

「じゃあ、ちょっと付き合えよ」

暖平の表情が明るくなった。

「喜んで。でも、どこに行くんですか？」

碧は少し微笑んだ。

「お前、いつか俺にどうして落語を始めたのかを聞いただろ。覚えてる？」

「はい、もちろん」

「それを教えてやるよ」

なぜ今じゃないのかはわからないが、碧とまた会って話ができるのであればその方がいい。

土曜日に会う約束をしてその日は別れた。

第八席　鰻の幇間《たいこ》

約束の時間は朝の六時半だった。

家を出るときにはまだ朝焼けが見られたが、すっかり明るくなっている。

思いの外寒くて、季節が冬へと向かっていることを肌で感じた。

時間帯が早かったこともあり、土曜日の国分寺駅南口は、ほとんど車通りがなく、駅に向かって歩いてくる人もまばらだった。

「こんな朝早くに、部長は来るのか？」

暖平が心配しながら南口が見渡せる階段上から眺めていると、約束の時間きっかりに、放射状に広がる駅前に左側から白い軽のバンが現れた。スライドドアに「菅原米穀店」と書かれている。入学早々に碧に乗せてもらった車だということはすぐにわかった。静かな朝の街に回転数の高いエンジンの音が響く。目の前のロータリーをぐるっと回って、タクシー乗り場の向こうに車は止まった。

声をかけられるのを待たず、暖平は駆け寄り、助手席に滑り込むように飛び乗った。

碧はすぐに車を走らせた。

暖平はどこに向かうのかも知らされていないが、車は南下している。

どうやら府中の方面に向かっているらしい。

少しだけ開けられた窓から朝の冷たい風が車の中に入ってくる。

気持ちのいい朝だが、部長が落語を始めたきっかけを教えてくれるはずなのに、どこに行くのかさっぱり見当がつかない。

それを聞こうと思った瞬間に、碧の方から話しかけてきた。

「この前は帰ってから練習したのか？」

「えっ？　ああ、はい。あの日見た噺家さんの『茗荷宿』で気づいたところとかもちょっと取り入れてみようかなって思って演ってみたんですけど、なんかうまくいきませんでした」

碧は笑った。

「まあ、練習だからいいじゃねえかよ。つっかえたって誰も見てないから気にするなよ」

「はい。つっかえたりというのはだいぶ無くなったんですけど、どうしても会話に見えないんですよね。どこまでいっても一人で芝居してるように見えちゃうんですよ。

部長もそうですけど、上手い人の落語は、はっきり二人いるじゃないですか。三人出てくる噺だと、三人が話してるんですよ。どうやったらああなるんですかね」

「ふうん」

碧は考え込むような顔をした。

「こたつは落語してるとき、どこ見てんの？」

「どこ見てるか……ですか？　どこ見てんだろ。客席の右側と左側です」

「なんだそれ」

碧は笑った。

「部長はどこ見てるんですか？」

「俺？　俺は相手の目を見て話してるよ」

「相手って誰ですか？」

「こたつが演ろうと思ってる『茗荷宿』なら、登場人物は飛脚と宿の亭主、その妻だろ。自分が亭主になって、飛脚に話をするときには飛脚の目を見て話すし、妻に話をするときには妻の目を見て話をするんだよ」

「目を見てって、いないじゃないですか」

「いるんだよ、そこに。俺には見えてんのちゃんと」

「相手がですか？」

「ああ。相手だけじゃねえよ。どんな宿でどんな間取りかだって決めてその中で話をしてる。飛脚は最初入り口から入ってくるだろ。入ったら土間になってて、って当時の家の造りを知っていなきゃできないんだけどな。亭主はどこから現れてそれを見るか、そしてどこに座って飛脚と会話するか。それが決まれば自ずとどっちの方向を見れば相手がいるか決まるだろ。そのとき妻はどこで何やってるのか。全部、実際の間取りの中で行われているんだよ。俺の中では」

「じゃあ、客席は見てないんですか？」

「見てないわけじゃないけど、それ以上に自分が作った世界の中で、そこに実際に人を入れて、それぞれの中に入ってその世界を見るって感じで、俺は演ってるけどね」

「上手い人は、みんなそう演ってるんですか？」

碧は首を振った。

「それは知らないよ。俺は上手い人じゃないからさ。機会があったら本物の噺家さんに聞いてみてえよな。ただ、俺はそう演ってるだけだよ。ほら、それ貸してやるよ」

碧は前を見たまま左手で後部座席を指差した。

そこには『図解　江戸の暮らし』というオールカラーの本が無造作に置いてあった。

暖平はシートベルトをしたまま上体を捻って手を伸ばしてその本を手にとった。

パラパラとめくると、城から始まって、大名屋敷に、武家屋敷、商家、庄屋、遊郭、旅籠《はたご》、町屋に長屋と家の造りが一目でわかるようになっている。

「ホントは、大内宿《おおうちじゆく》とか妻籠宿《つまごじゆく》とか関宿《せきじゆく》とか、実際に今も残っている宿場町を見に行くのがいいんだけどな。そうじゃなけりゃ、日光江戸村とか太秦《うずまさ》とか、明治村とかかな。一度見ておくだけで実際に落語をするときに間取りのイメージを作りやすくなるぞ。

落語の練習なんて頭ん中でどこでだってできるんだから、時間があるときにさ、鈍行ででも行ってそういうところを見てきたらいい」

「なるほど」

「落語に限らずな、何でもそうだよ。じっとしてる奴より、行動していろんな世界見てる奴の方が成長は早い。それよりこたつ、朝飯食ってきた？」

「いえ、どうしてですか」

暖平がそう聞いたとき、車は緑色の「高速入口」の看板を左に入った。

車線は新宿方面と、河口湖・甲府方面の二つに分かれているが、分岐で車が入ったのは甲府方面だった。

「え？　部長、どこ行くんですか？」

暖平は慌てて聞いた。

「どこってお前、そりゃあ名古屋だよ」

「名古屋!?」

暖平は素っ頓狂な声を出した。

★

駅前の状況とは一変して、土曜日の中央道の下り線は早朝だというのに結構車の数が多かった。だが渋滞するほどではない。

中央道を西に向かい、圏央道を南下、東名高速に乗ったときには、車の中に入ってくる風も朝のひんやりしたものではなくなっていた。

暖平は予想していなかった長距離のドライブに心が躍っていた。

碧から「名古屋」と聞いたときには、ただただ驚いた。そもそも東京から名古屋に車で行けるものだという認識がなかった。考えてみればおかしな話だが、それだけ名古屋というのは暖平にとっては馴染みが薄く、心の距離がある場所だということなのだろう。

思えば旅行というものに最後に行ったのは、小学校六年の頃だ。

家族で新潟にスノーボードをしに行った。そのときも移動は新幹線だった。

中学時代は部活で忙しく、高校時代は受験勉強で忙しかったので、家族旅行になど行っていない。だから車で遠出をしたという記憶がないのだ。まあ土日がかき入れどきの自営業の家で育った奴はたいていそうだろう。

年式の古い軽のバンは、乗り心地も悪く、路面との接地音をタイヤがことごとく拾いあげるので、車内はうるさくてしょうがないのだが、生まれて初めての西への車旅は、そういったワイルドさ（果たしてそれをワイルドと表現していいのかわからないが）が少しだけあった方がいいような気がする。

暖平はすっかり上機嫌になった。

「うわぁ。すごいっす」

暖平は思わず声を上げた。

山間の高速道路の前方に大きく富士山が現れたからだ。

「ああ、ここから見る富士山は俺も好きなんだよ」

碧も上機嫌だった。


駿河湾沼津サービスエリアで朝食を買った。

雲ひとつない秋晴れの空に、真っ青な駿河湾の海が大パノラマで見えるこの場所を暖平は気に入った。

暖平が買い物をしている間、碧は建物の二階バルコニーから街を見下ろしていた。

「どんなことを考えているんだろう」

暖平は碧が今何を考えているのか知りたいといつも思ってしまう。

それを碧が言葉にしたとき、暖平は新しい世界の見方を手にしているような気がするからだ。

世界は変わっていない。でも世界が違って見える。

「お待たせしました」

買い物を終えた暖平が碧の背中に声をかけた。

二人は車の中で買ったものを食べながら車を走らせることにした。

暖平は碧といろいろな話をした。

大学のこと、授業のこと、落語のこと、落語家のこと、好きな音楽のこと、高校時代のこと。

どれもこれも、他愛のない話ばかりだが、暖平は楽しくて仕方なかった。

気づけば日は高くなり、碧はサービスエリアに入るべく、ウィンカーを左に出していた。

「岡崎ＳＡ」という看板が暖平の目に入った。

「名古屋はもうすぐだ。ここで昼を食べてから行こう」

「はい」

暖平は返事をした。

ずっと遠くにあるような気がしていた名古屋もすぐそこに迫っている。

暖平は正直、「もう？」と思った。

それだけ暖平にとって楽しい時間だったということだろう。

暖平はカツカレーをあっという間に平らげると、フードコートの中を見回していた。

きつねうどんを食べ終えた碧が、運転で凝った身体をほぐすように両手を組んだまま上に伸ばしてストレッチをしている。

「それにしても部長、部長が落語をやるようになったきっかけを教えてもらうのに、どうして名古屋まで行かなきゃいけないんですか？」

暖平は、連れてきてもらったことを喜んでいる様子を隠さないまま、言葉では逆のことを言った。碧はニヤリと笑って、

「ただ話すより、見た方が早いってことがあるんだよ」

と言った。

往復で九時間近くかかるんだから、話した方が早いでしょ、と突っ込みたい気分は山々だっ

たが、まあ実際に碧が見せたい何かを見てからでも遅くないだろう。

その瞬間、碧は身を乗り出して、暖平の方に顔を近づけてきた。

「実はな、こたつ。俺がどうして落語を始めたのか、部員には誰にも言ってねえんだよ。お前に初めて教えてやるんだ。ありがたく思えこのやろう」

暖平は、笑顔を見せた。

「どうして俺なんですか？」

「一番暇そうだから」

暖平は苦笑いした。別に暇じゃないんですけど。と言いたいが、碧も本気でそう思っているわけではないのはわかっている。

理由はどうあれ、自分を選んでくれたことに暖平は喜びを感じた。


再び動き始めた車の中では、碧が先ほどまでとは違う雰囲気になっている気がした。

地元に近づいているという思いがそうさせるのかもしれない。

実際に、暖平も大学にいるときの自分と、実家に帰ったときの自分は別のキャラクターになるのがわかる。言葉が戻ることで、性格がその方言に合わせたものに変わると暖平は感じていた。碧も大学でのキャラクターと、地元の言葉を使ったときの性格が違うのかもしれない。

そんなことを考えていると、碧が口を開いた。

「こたつ。大学入ってどうだ？」

「大学ですか……いや、マジでこの大学に来てよかったっす。入学直後にあそこで部長の落語見ていなければ、あのときこたつを買いに秋葉原に行っていなければ、落研に入ってなければ、全然違う大学生活になってました。っていうか、どうなってたかって考えるとゾッとしますよ。だから、部長の前ですけど、部長に会えてよかったし、落研に入れてよかったっす」

暖平は嘘のない正直な気持ちを伝えた。

いつか碧に伝えようと思っていた感謝の言葉でもあった。

「そうかい。そりゃあ嬉しいな」

碧は微笑んだ。

「部長の前ですけど」なんて落語をよく聞いている者だからこそ出てくる言い回しだ。暖平が入学したばかりのときとは別人のように大学生活を、落研での日々を楽しんでいることが碧としても嬉しいのだ。

「お前はさぁ、出会ったものでできてるんだよ」

「はい？」

暖平はまっすぐ前を向いて運転している碧の横顔を見た。

碧はいつ見ても、底抜けに明るく楽しそうで、こちら側が見ているだけで幸せになるような笑顔でいるのだが、その瞬間はふと、人間味のあるというか、言うなれば、自分と同じような人かもしれないと思わせる雰囲気をその横顔に感じた。

暖平は改めてもう一度、

「はい」

と返事をした。

碧は前置きをして話し始めた。

「ちょっと想像してほしいんだけどな」

「もし、お前が生まれた瞬間にさ、窓も扉もない、真っ白い壁と床、天井に囲まれた部屋の中に入れられてさ、点滴の管のようなものに繋がれて、そこから生命の維持に必要な栄養分がずっと供給されてるとするだろ。外の光も音も一切届かない、そんな空間で、今日まで生きてきたとしたら今の自分はどうなってたと思う？」

「どうって、それは……」

暖平は数年前に見た、海外のSF映画に出てきたそんな雰囲気の部屋を思い出していた。ただ、そこは眩しいくらいに電気がついていた。外の光が一切届かないとしたら、白い部屋の中にいるということすらわからないということだろう。

生まれてからずっとそこにいて、外の情報を一切感じることなく今日まで生きてきたとしたら。

別の言い方をすると、これまで自分が経験したすべての経験がないということだろう。

「そもそも自分っていう認識すらないいんじゃないいんですか。だって言葉も覚えられないし、言葉がないってことは、考える術がないと思うんですよね。だから、もうただ生きてるだけの生物っていうか、わかんないですけど、植物と変わらないとか？」

「そうだな、まあはっきりはわからないけど、今の自分とはかけ離れた、全然違う存在になることはわかるだろ。ほら。だから今のお前はどうやってできたかというと、これまで出会ったすべてのものでできてるんだよ。いいことも悪いことも、楽しいことも辛いこともひっくるめて、全部が今のお前を作ったんだってわかるだろ」

「はい」

暖平は素直に頷いた。

「じゃあ、その部屋に一つだけ外の世界が見える窓があって、部屋の周りで発生する音だけは聞こえるようになったとする。そしたら、お前は、その窓から見える景色と、壁の外から聞こえる音だけを頼りに『外の世界とはこういう場所だ』と認識するようになるよな。

窓から見える光景が、誰もがいがみ合って、傷つけ合って、騙し合っている様子ばかりなら、外の世界ってそういう場所だって思うだろうし、誰もが仲良くて、信頼し合って、助け合って、賞賛し合う様子ばかりなら『外の世界はそういう場所だ』って思うようになる。でも本当の世界はどっちだ？」

「それはもう、どっちでもないですよね。世界はもっと広くて、いろんな世界があるのに、部屋にあるたった一つの窓から見える景色だけで『世界』を判断するなんて無理っすよ。世界を判断するには窓一つでは情報が少なすぎます」

「そうだろ。だけど、その中にいる奴にとってはそこから見える世界だけがすべてだ。それしか見えないからこそ『世界はこういうもんだ』ってわかった気になってしまう」

「でも、案外自分でもわかってるんじゃないんですかね。それがすべてじゃないって。その窓から見える以外にも世界は広がっている。もっと別の世界を見てみたいって思うかもしれないですね」

碧は微笑んだ。

「そう思えてないから、誘ったんだよ」

「え？」

「今のはありえない仮定の話だと思ったんだろ？　そうじゃない。現実の話だ」

暖平は怪訝な表情を浮かべた。

「生まれた瞬間から真っ白い壁に囲まれた部屋に入れられて、生命維持のための養分だけが送られ続ける管に繋がれた『こたつ』という奴が実際にいるんだよ」

「俺じゃないっすか」

「いや、お前というよりもお前の脳だ。わかりにくいから『小《ち》っちゃいこたつ』という意味で『こ・こたつ』にしよう。脳に『こ・こたつ』という名前をつけたと思え。

『こ・こたつ』はお前が生まれてから今日までずっと、真っ白い頭蓋骨という部屋の中に閉じ込められている。外の世界を見たことはおろか、触れたことも一度もない。ただ真っ暗な空間に閉じ込められていて、生命維持に必要な養分だけが供給されている。

ところが『こ・こたつ』はお前が知っているすべてのことを知っている。

『世界はこんなもんだ』『世の中はこうだ』『俺にはこんなことしかできない』『俺はこういう奴だ』と『世界』や『自分』を認識している。そう判断するに至った情報はどこから得た？

お前の目と耳、肌、といったたった一つの窓だ。

つまり、お前の脳『こ・こたつ』はお前の目というたった一つの窓から見えた景色と、壁の外の音だけを頼りに、『世界とは』『自分とは』を判断して、その世界で自分が生きていくためにはどうするのがいいのかの決定を下し、ああしろ、こうしろってお前に命令を出してる。お前の行動はほとんどすべてその命令にしたがって行われてるんだ。そうだろ」

暖平は思わず口を閉ざした。

そういう状況に自分が置かれたら、いやでももっと別の世界を見て世界を知りたいと思うだろうにと、なんとなく考えていたのだが、実際にそれをしないで、「世の中とはこんなもんだ」「俺はこうだ」と決めつけていたと、直感的に感じたからだ。

「初めて会ったとき、お前は、今のこの世界を『こんな世の中ですから』と言った。『楽しい大学生活のためには金と時間が必要だ』とも、『元々金持ちの奴が人生において優遇されてる』とも言った。でもそれはこの世界そのものじゃない。お前の脳『こ・こたつ』が、それまでお前の目や耳という窓を頼りに集めてきた情報で判断した『世界』でしかない。そんな世界で生きていくためにどうしたらいいかを『こ・こたつ』が考えて、お前にああしろこうしろって命令を出してる。

結果として自分自身のことを、何の才能もなく、特技もない、何に向いてるかわからない、コミュ障で、人と関わるのが苦手で、ずっと一人がいいって決めつけてた。

でも、そもそも『こ・こたつ』が認識している世界が、本当の世界とは全然違うものだったら？　これまで見てきた世界があまりにも狭く偏った世界で、『こ・こたつ』が間違った認識をしていたら？　お前に出してくる命令は全部大間違いってことになる。

俺たちは、何を見るか、何を聞くか、何を感じるか、何を経験するかによって、世界に対する認識が変わる。

余計なお世話かもしれないけど、あの瞬間、俺はお前に違う世界があるってことを見せてやりてえって思ったんだよ。多少強引かもしれねえけど落研に引っ張り込もうって」

暖平は、感動とも嬉しさとも、悔しさとも恥ずかしさとも取れる、たくさんの複雑かつ強烈な感情の波にぶつかったような衝撃を感じながら、鼓動が速くなった。

言葉を発することができないが、碧の今の言葉で、幼い頃から今までの自分というものが、自分自身に納得がいく形で、一つ一つ芋蔓式に理解できていくのを感じていた。

「入学時のお前と、今のお前が違うのは、お前がお前の脳『こ・こたつ』に見せた世界がそれまでと違うからだよ。今『こ・こたつ』は世界はこれまで自分が認識していたものとは違うのかもしれないって思い始めてる。

今のお前はこれまで出会ったすべてだ。

でも、未来のお前はこれから出会うすべてだ。

それを教えてやりたかった。

『こ・こたつ』に見せてやる世界が激変したら、世界に対する認識も激変する。その世界の中で幸せに生きるためにはどうすればいいかと、『こ・こたつ』が下す判断もまったく違うものになる。

この半年でなんとなくそれを感じただろ。

もしそうだとしたら、お前はお前の中でずっと一人ぼっちで、真っ白い壁の中で、外界に触れることもないまま、お前の目や耳といった窓から入ってくる情報を頼りに世界を知りたいと思ってきた『こ・こたつ』に、これから何を見せてやりてえ？　何を聞かせてやりてえ？

そりゃあできることならさ、世界ってこんなにすげえんだぜ、こんな素晴らしい人がいるんだぜ、こんなすごいことがあるんだぜってことを見せてやりてえじゃない」

暖平は少し目頭が熱くなった。言葉に出したら軽い感じがするが、感動で鳥肌が立っていた。

自分の未来が、この瞬間ほど、明るい希望に満ちていると実感できたことはこれまでの人生で一度もないだろう。

心の底から、もっといろんな世界を、ずっと一人ぼっちで外からの情報を待っている『こ・こたつ』に見せてやりたいと思った。

じっとしているのがもったいない。

いろんな世界を見に行って、いろんな経験をして、たくさんの人に出会って、見たことのない世界をたくさん見たい。これほどまでに新しい何かに挑戦したいという感情が心の底から湧き上がるのは生まれて初めての経験だった。

「部長。いや、あの……俺、ホントにその通りです。っていうか、なんて言うか……あーざっす」

暖平は様々な感情が押し寄せ、頭の整理ができず、礼を言うことくらいしかできなかった。

碧は笑った。

「お前ね、こういうときは何て言うか知ってるか？

『部長の前だけど、よくわかんなかったからもういっぺん最初からやってもらいてえんですが』くらい言えよ」

「はい、次からそうします」

「ばーか。次はねえよ」

暖平は笑った。

「いやぁ、やっぱり部長はすごいっす」

碧は表情ひとつ変えずに言った。

「そんなことはねえってことがすぐにわかるさ」

車はいつの間にか名古屋に到着していた。

★

暖平はそこがどこなのかわからなかったが、碧の実家であろうことは想像がついた。

「着いたぞ」

と言うと碧は車を降りた。暖平も慌てて車を降りた。

碧は後部座席のスライドドアを開けて大きなカバンを取り出すと、それを左肩にかけて玄関の方へ歩き出した。

表札が『忽那』になっている。やはり碧の実家だ。

碧は、インターホンを鳴らすこともなく鍵を開け、扉を開けると躊躇なく中に入った。

「あの」

「ああ、こたつも入れよ。親は仕事でいないから気にするな」

「失礼します」

暖平はゆっくりと中に入った。

「部長の実家、新しいんですね」

「ん？　三年前にリフォームしたばかりだからな」

玄関を入ると黒いフレームの車椅子が置かれていた。中の廊下と靴を脱ぐ場所に段差がない。

暖平は靴を脱いで恐る恐るといった感じで、碧の後に続いて家に上がった。

廊下が広く、扉のほとんどが病室の扉のような引き戸になっているのが特徴的で、軽い力で開くようになっている。高齢者が生活しやすいようにリフォームをしたのだろうか。

碧が東京で借りているアパートは昭和の香りがする古い建物だし、部長はいかにも苦学生という感じだったので、てっきり実家もそんな感じじゃないかと勝手に想像していたのだが、使われている設備がどれも新しく、だいぶ予想とは違った。

「こっちだ」

碧はそう言うと家の奥の方へと暖平を案内した。

「誰もいないのに勝手に上がって何だか申し訳ないです」

暖平がそう言うと、碧は振り返って、

「誰もいないわけじゃねえよ」

と言って、一枚の扉の前に立った。

「帰ったよ。入るぞ」

碧のその声に対して、

「ああ」

という、小さいけれどもしっかりと聞き取れる声が返ってきた。部屋の中に誰かがいるのだ。

扉を開けて碧が中に入るのを、廊下で立ったまま見ていたが、

「LINEで伝えたけど、客を連れてきたんだよ」

と碧が中にいる人に声をかけた後で、暖平の方に目で合図をした。

入って来いと言っているのだ。

「失礼します」

暖平はそう言いながら、ゆっくりと歩みを進めた。

比較的広めの部屋に電動で傾斜が付けられる手すり付きのベッド、その横には白いフレームの車椅子が置かれている。ベッド脇のすぐ手が届くところにラックがあり、リモコンやスマホといった日用品が並べられているが、どれもフックやバンドが取り付けられていて、それらがラックからはみ出している。

一歩、また一歩と部屋の中に入っていくと、ベッドの上に座ってこちらを向いている人と目が合った。

意外なことにそれは碧だった。

いや、碧にしか見えなかった。

驚いて、二人の顔を交互に見比べている暖平を見て、ベッドの上の男が言った。

「何だよ碧、この子に説明してなかったのか？」

「ああ、どこへ行くかも言わずに連れてきた」

碧はそう言って屈託なく笑った。

「しょうがねえなぁ、ごめんよ。驚いたよね」

暖平は中途半端な笑みを浮かべ、会釈をした。

「こいつは翠《みどり》。俺の兄貴。と言っても見ての通り双子だから同じ日に生まれたんだけどな」

「ああ！」

暖平は思わず翠に向けて指を差しそうになった。

「以前部長の卒アルを見たとき、写真の名前が間違ってると思ったんすよ。あれ、名前が間違ってたんじゃなくて、部長じゃなかったってこと……」

並んでこちらを見る碧と翠は二人とも坊主頭で同じ顔をしている。

「えっと、はじめまして、門田です」

暖平は挨拶した。

「なんだよ。寝てたのか?」

碧はそう言うと暖平に椅子を差し出して、自分は床に座った。

「ああ、午前中無理して動いてたからな。急に来るって言うから頑張って片付けたんだよ。これでもだいぶ綺麗になったんだぞ。ちょっと待ってくれよ。そっちに移るから」

翠はそう言うと、両腕を使って足を持ち上げて揃えたりしながら、少しずつ座っている位置をずらしていき、車椅子に手が届くところまで移動した。

翠はどうやら自らの意思で下半身を動かすことができないらしい。

車椅子をベッド脇に引き寄せると、また、両腕で足を揃えて、バンドのようなもので二本の足をまとめた。そして揃えた足を車椅子の足場に乗せると、勢いをつけて両腕の力で一気にお尻を車椅子の座面に落とした。

いつもやっていることなのだろうが、初めて見る暖平は車椅子が動いて転びはしないかとヒヤヒヤしながらその様子を見ていた。

碧は特に心配する様子もなく、翠が車椅子に移動するのを見届けると、

「じゃあ俺は、ちょっと着替えてくるよ」

そう言って立ち上がり、部屋を出ていった。

暖平はどうすることもできず椅子に座ったまま、部屋から出ていく碧を目で追ったが、碧の目は、

「そこにいろ」

と言っている。

おそらく翠の話し相手になれということだろう。

暖平はすぐさま姿勢を正して、

「碧さんにはお世話になってます」

と翠に言った。

翠は笑顔になった。本当によく似ている。こうやって二人だけになると、部長と話しているような錯覚に陥る。

「いやぁ、想像通り、いい顔をした若者だね、『こたつ』は」

暖平は驚いて目を見開いた。

「え？　知ってるんですか？」

「知ってるよ。碧があったことをすべて話してくれるから。

入学式のあと碧の落語を遠目に見てた君が秋葉原でこたつ背負ってるところを、碧が偶然見つけたんだよね。嬉しそうだったよ。

昔の俺みたいな奴がいたって」

「昔の部長ですか？」

「ああ」

暖平は、碧のことを自分とは正反対の性格をした存在として見ていた。憧れと言っていい。自分もああなりたい。

心のどこかでそう思い続けている。

その碧が自分と似ていると言っていたとはにわかに信じられなかった。

「いやぁ、自分は碧さんとは正反対の性格だと思うんですけど」

「さあね、それはわからないけど、俺が碧の話を聞いた限りでは確かに昔の碧に似てると思ったけどね」

暖平がどう返していいかわからず、頭を掻いているところに、扉が開いて碧が入ってきた。

「勝手にペラペラと喋ってんじゃないよ、こたつ」

碧は和服を着ていた。

「ちょっとそっちに寄ってくれ」

暖平に指示を出すと、部屋の隅に立てかけてある座布団を引っ張り出してきて、暖平と翠の前に置いた。

「ここでいいか？」

翠は無言で頷いた。

碧はサッと座ると、いつものようにゆっくりと扇子を膝の前に横一文字に据え、頭を下げた。

落語が始まるのだ。

　暖平は翠の方をチラッと見た。嬉しそうな顔をして目が輝いている。暖平は姿勢を正した。

「えー、昔から商売というものには、簡単なものはございませんで、相手のご機嫌を取ることが仕事という幇間《ほうかん》という仕事がございました」

「どこで聞いても、部長の落語はいい」

　まさに碧にしかない個性があって、暖平はそれが好きなのだ。

　翠もそうなのだろう。その表情が物語っている。

　暖平は、椅子に座ったままだと申し訳ない気がして、ゆっくりと椅子から滑り下りると床の上に正座した。

★

　碧の家を出たのは、夕方の六時になろうかという時間帯だった。

　事前に翠が宅配の弁当を頼んでいてくれたらしく、それを持たせてくれた。

　玄関で受け取ったのは暖平だったが。

　翠が碧に、

「車で食べながら帰んな。今日の噺のお礼にお前の好物にしておいたから」

そう言っているのが聞こえた。

「おお。助かる」

碧も嬉しそうだった。

車が伊勢湾岸道に差し掛かる頃にはあたりも真っ暗になっていた。

暖平は、持たせてくれた弁当のことが気になっていた。食べずに車の中に置いたままの弁当からは鰻のいい匂いがしている。碧が演った演目が『鰻の幇間』だったから、鰻重なのだろう。ただ碧が特にそれについては触れなかったので、暖平は何も言い出せずにいた。

猛スピードのトラックに何台も抜かされながらも、暖平を乗せた軽のバンは相変わらずけたたましい音を立てながら一番左の車線をマイペースで走っていた。

ここまで特に会話はなかったのだが、碧が急に口を開いた。

「翠があああなったのは、俺たちが高三の十二月の頭でさ。

それまでは俺とおんなじ、普通の高校生だった。あいつは野球やってたんだ。引退して卒業後の進路を決めるだろ。あいつは大学進学を希望してたけど、俺は働きたいって思ってたんだよ。俺らの親父は寿司屋やってんだ。

俺は板前になりたくて、高校卒業後は親父の伝手《つて》でどこかの寿司屋で修業させてもらおうって思ってた。

その日は俺が名古屋市内の調理師専門学校の説明会に行ってたんだ。

それが終わって帰ろうとしたときには夕方のラッシュの時間でさ。電車が激混みだったんだよ。

元々、そうなることを見越して、俺は翠に暇ならバイクで迎えにきてくれないかって頼んであったんだ」

「はい」

それまで黙っていた暖平が相槌を打った。

何となく、その後何があったのかはわかる気がする。

「俺はずっと待ってたけど翠は来なかった。携帯に連絡しても出ないから、仕方なく電車で帰ったんだ。そしたら家にもいない。俺を迎えにバイクで出たって言うんだよ」

「はい」

「事故だった。ひどい事故だ……」

碧は当時を思い出したのか眉間に皺を寄せた。

「そうだったんですね」

「俺は、俺が頼んだせいでそうなったって思って自分を責めた」

碧は遠い目をした。

「あいつは、本当に強いし、優しい奴なんだ。俺とは正反対だ。昔の俺は、ちょうど春頃のこたつと同じ感じの奴だった。だからお前を見たとき、俺みたいな奴がいるって思ったんだよ。直感だけどな。でも翠は昔から俺とは全然違った。双子なんだけど全然違う。あいつは努力が好きだったし、いろんな本を読んでた。俺にはない価値観で世界を見てた。

『俺のせいだ』って落ち込んで、どうしていいかわからなくなってる俺を見て、意識が戻ったあいつが最初になんて言ったか想像つくか？」

「部長のせいじゃないから、気にするな……そう言ってくれたんじゃないですか」

碧は笑った。

「普通の優しい奴ならそうかもな。でもあいつは違う。本当に優しい奴なんだよ。

『碧のせいでこうなっちゃったから、ほんとに悪いって思ってんならさ、俺の代わりに大学行ってくれよ。そんで俺がやろうと思ってたことを全部やって、どうだったか俺に報告してくれ』

って言うんだよ。

そんなこと言えるか？　普通。もちろんそんなことできないって思った。自分があいつのやりたいことをやるって、もし逆の立場なら嫌だから。だけど、断ろうとすると、

『じゃあ、悪いと思ってないんじゃん』

って言われる。参ったよ。どうしていいかわからなくなった。

そのときに、さっきこたつに話したことを翠が俺に言ったんだ。

『これからしばらく、どこにも行けない、見たいものも見られない。やりたいこともできない。ただずっと同じ場所にいて、そこから見える世界しか見えなくなるんだ。

頼むから、俺の目になってくれ、耳になってくれ。俺も世界を知りたい。もちろん俺も一日

も早く自分の力で外に出られるように頑張る。だからそれまででいいから俺の代わりに、俺がやりたかったことやって欲しい』

そう言うんだよ。あれは俺のオリジナルじゃない。翠のパクリだ。

俺は断れなかった。

俺たちは双子だから、やっぱりお互いのことがよくわかるんだ。

あいつも俺の気持ちがよくわかってる。

『気にするな』って言ったら、一生背負う十字架になるって思ったんだろうな。だから、俺に自分の好きな道を諦めろって迫った。そういうフェアな部分がないと俺の心が壊れると思ったんだろう。

いろいろ考えたけど、俺はあいつの目になり、あいつの耳になろうと決めた。

そしてそれをあいつが自分の目で、耳で経験できるようになるまで続けようって決めた。

そこで初めて知ったんだよ。

あいつ、大学に行ったら落語研究会に入りたかったんだよ。

だから俺もそうしようと思った。誤算だったのは入った大学に落研がなかったことだけどな」

「それが、部長が落語を始めた理由……ですか」

「ああ、そうだ。そこで何を見たのか、何があったのかを全部あいつに教えてやんなきゃと思ってな。もっといいものを見せてやりたい、聞かせてやりたい、そう思って必死だった。

俺はそれだけだ」

暖平は正範から聞いた碧についてのエピソードを思い出した。

一つの落語のために実際に四谷から目黒まで走ったという話だ。

それらもすべて、自分がやりたかったというよりは、翠に教えてやりたいと思ったからだろう。

「でも、おかげで俺は、性格が激変した。面倒くさがって何もしなかった俺が、損得とか関係なくとにかく何でもやる奴になった。見れるもんは何でも見たいし、経験できることは何でも経験したいと思えるようになな」

暖平は首を横に振った。

「部長。やっぱり部長は俺とは違いますよ。俺にはそんな優しさないです」

「そんなことねぇよ」

碧の目に対向車のヘッドライトが光った。

「来年から大学に行くつもりだって言ってましたよね」

暖平は翠の言葉を思い出した。

「ああ。以前は、事故があって、それまでの夢とかは全部捨てて人生をゼロからスタートするんだって、あいつは言ってたんだ。退院して、リハビリして、車椅子の生活にも慣れて、自分にできる仕事を探して働こうとしてた。

でも俺の話聞いてたら、やっぱり大学に行きたいって思うようになったって最近言うようになったんだよ。実は俺たちが思っている以上に、普通の学生に交じって学生生活を送るって簡単なことじゃない。教室の移動だって人の倍以上時間がかかるし、通学だってそう。トイレだって定期的に行かなきゃならないし、大の方だと二時間もかかる。一人の力じゃどうしようもないこともいっぱいある。誰かに助けてもらわなきゃならないことが増える。あいつはそれをよしとしなかったんじゃないかと思うんだよ。でも、それでも大学には行ってみたいと思えるようになったんだ。ようやくあいつが自分で見たい世界を見られるようになるんだよ」

碧の表情は安堵の表情のように見えた。

その瞬間に暖平の頭の中に、ちょっとした疑問が湧いた。

「部長は、どうするんだ？」

これまで、動けない翠のために、目となり、耳となり、自分が進みたかった料理人の道じゃなく、翠が大学生になったらやりたかった落語をやってきたということだろう。

その翠が大学生になったら、碧はどうするのだろう。

「おう、こたつ。それ食えよ」

碧は後部座席に置いてある鰻重を指差した。

「部長の分もありますよ」

暖平は恐る恐るそう言ってみた。

碧は、

「ああ。それもお前食ってくれよ」

苦笑いをしながらそう言った。

半年ほど前、凜の実家の鉄板焼き屋で鰻重が振る舞われたとき、碧は、

「俺は、鰻は食えねえんだよ」

と言っていた。ところが、お互いをよく知るはずの双子の兄が、

「お前の好物にしておいた」

と言って注文したのが鰻重だったのだ。

「鰻断ち」それは碧なりの決意なのだろうと思った。大好きな何かを諦めなければならなくなった翠に対して、自分も板前という道を諦めるという結論で落ち着いたはずだが、当たり前だが、大学生活や落語研究会での日々の出来事は碧にとっても楽しい出来事には違いないのだ。自分だけが楽しい思いをするのは、悪い気がする。せめて一番の好物の鰻くらい断たなければ……。

碧ならそう考えるだろう。おそらく碧から音楽の香りがしないのもそれが理由だろう。翠との約束を交わした瞬間に大好きだからこそ断ち切ったに違いない。

暖平はそう思った。

「部長、いいんじゃないですか？　今日くらいは。だって翠さんが、部長のためにってわざわざ取り寄せてくれたんですよ」

碧は激しく横に首を振った。

「ダメダメ。あいつが自分のやりたいことができるようになるまでは、食わねえって決めてん

だ。もう少しだって。あいつも頑張ってんだから、俺がここで食っちゃダメなんだよ」

暖平は、碧の優しさに目頭が熱くなった。

「それにな、落語が好きな奴なら誰もが認める不世出の天才、今昔亭朝次《ちょうじ》っているだろ」

もちろん暖平も知っている。落語に詳しい人じゃなくても、これまでの落語家で一番すごい人は誰だと聞けば必ず名前が挙がるレジェンドだ。もう亡くなって何年にもなるが、その名声は衰えるどころか落語ファンの間では高まる一方である。

「朝次は真打になってから一度も鰻を食べなかったそうだ。だから家族すら彼は鰻が嫌いなんだと思ってた。ところが、本当は大の好物だったのに鰻断ちをしてたんだ。一種の願掛けだな。朝次は自分の芸事の守護霊が鰻だと信じてた。だから鰻を食ったら、自分の芸事にバチが当たるんじゃないかと思ってたらしい。あの天才がだぞ。

俺の芸名、文借亭那碧ってのは、俺の名前が忽那碧だからってのもあるんだけど、一番は俺も鰻断ちをして朝次さんにあやかりてえって思ったからだ」

碧は誇らしげにそう言った。

「わかりました。両方俺がいただきます。でも部長、一つ約束してください。来年翠さんが、本当に大学に行けるようになったら、部長が食べる最初の鰻は俺に奢らせてください」

暖平はそう言って鼻をすすった。

碧は笑った。

「それじゃあ、俺がお前の太鼓持ちじゃねえかよ。やだよ」

「そっか」

暖平も笑った。

暖平は、翠もまた落語研究会の部員だと感じた。

おそらく碧の中では最初からそうだったのだろう。

碧、正範、健太、凜、そして翠に自分。

部員は五人ではなく六人だったのだ。

暖平は、心の中で翠のことを思い浮かべるとき、自然と『あにさん』と言っている自分に気づいた。

第九席　茗荷宿《みようがやど》

日曜日。

暖平は昼前に目覚めた。

昨夜は日付が変わる直前に、出発点である国分寺駅に車が着いた。

昨日一日で、ここから車で名古屋に行って、碧の実家で双子の兄、翠と会って、車でここまで帰ってきたことになる。

何とも長い一日だったが、いつもと同じ場所で目が覚めると、本当に、昨日自分が名古屋まで行っていたことが何となく信じられない。

こたつの天板の上の袋には、パンがいくつか入っている。

昨日の帰りに、足柄サービスエリアで碧が「夜食に」と言って、買って持たせてくれたものだ。

暖平はパンの一つを口にくわえて、そのまま出かける準備を始めた。座ってゆっくりパンを食べる時間はない。

今日は学祭前、最後の日曜だ。

長時間の練習ができる最後の日でもある。

もちろん運動部と違って、落語は家で一人で練習することも可能ではあるが、誰かに見てもらってアドバイスをもらう機会はこの時期、貴重だ。直前すぎると直せと言われてもパニックになる。

それに何しろ、昨日の帰りの車の中で、

「明日は俺も行くから」

と碧が言っていた。

碧の前で落語を披露して、アドバイスをもらいたい。

とにかく今回の高座は成長した姿で臨みたいのだ。

本城美結が見にきてくれるからというのが一番の理由だが、学祭ともなると他大学の落研の部員が見にくるとも聞いている。そこで暖平が下手な落語を披露するわけにはいかない。

学祭は三日間続く。

落語研究会は初日、二日目と二回公演をすることになっている。三日目は特にやることがないので、各々が学祭を楽しむことができる。

もちろん暖平も二回分の演目を用意している。

美結は初日に見にくると言っていた。二日目は用事があるから学祭には来ないらしいが、三日目は特に用事はないらしい。

「まだ決めてないけど、暇ならもう一回学祭に来ようかな」

とも言っていたから、場合によっては「今度寄席に」どころか、三日目の学祭に誘ってもいいのかもしれない。

そこまでの勇気は今のところ暖平にはないが、初日の演目がうまく行けば、その勢いに乗って感想を聞き出すタイミングでそんな流れになったりしないかなんて想像し、まだそうなってもいないのに勝手にほくそ笑んでいる。

暖平は手早く着替えを終えると、昨日碧に借りた『図解　江戸の暮らし』を手に取った。

碧が何度もそれに目を通したことがわかるほど傷んでいる。

暖平はそれを大事にカバンに入れると部屋を出た。


いつもの四号館四〇二教室に着いてみると、暖平以外の部員は全員すでに集まっていた。碧もいて、正範、健太、凜に囲まれて楽しそうに話をしている。

久しぶりに見る光景に暖平は心が躍った。

やはり碧がいるだけで場の空気が光に満たされたように明るくなる。

その場に自分がいられるというだけで幸せな気分になった。

「おはようございます。遅くなりました」

「おう、こたつ。お前がずっと会いたいって言ってたんだって部長に話してたところだ」

健太にそう言われた。

どうやら、昨日一緒に名古屋に行ったことは他の部員には伝えていないらしい。

碧が伝えていないということは、言わない方がいいことなのかもしれないと思い、暖平は碧に久しぶりに会った驚きを表現する表情を慌てて作った。

とはいえ、

「お久しぶりです」

という嘘も上手につけない気がしたので、精一杯の嬉しそうな表情を作ると無言でその輪の中に入っていった。

その輪の中にいる幸せと、幸せを感じることができる人の輪を持っていることに対する幸せが暖平の心を温かく満たした。

正範が手首にチラッと目をやった。

「全員揃いましたし、時間になりましたから始めますか？」

健太と凜は頷いたが、

「ちょっとその前に一つ話があるんだけどいいか？」

と碧が言った。

「何すか部長、改まって」

と健太が言うと、碧は正範の方をチラッと見た。

正範は反応したようには見えなかったが、そのやりとりを見て暖平はちょっと変な胸騒ぎがした。

「俺、大学やめることにした」

「え？」

あまりにも唐突で衝撃的な言葉に、誰もが声を失い、お互いに顔を見合わせた。正範の表情が変わらないのは、元々何事にも動じない性格だからなのか、それとも事前にそのことを聞かされていたからなのかわからない。

「やめるったって、もう学費も全部払い終わってるし、いるだけで次の春で卒業じゃないですか」

健太の言葉に、碧が笑った。

「お前、俺をその辺の普通の大学生と一緒にしてもらったら困るよ。卒業に必要な単位なんて取れてないに決まってるじゃねえかよ」

冗談ぽく話をする碧を見て、暖平はどう反応していいのかわからない。

「だから、学祭で落語をやったら、もう落研にも来ねえから。来週からは正範が部長だ」

「え？」

暖平は何か言おうとしたが、何も言えなかった。

「やめて落語家になるんですか？」

凛が慌てて聞いた。

碧はうつむき加減に微笑むと、ゆっくりと首を横に振った。

「いや、噺家にはならねえ。俺は板前になる」

「ええ！」

健太と凜にとっては、意外な答えだったようだ。

二人は部長は落語家になりたいからこそ、それまで大学になかった落語研究会を立ち上げたんだろうと信じて疑っていなかったからだ。将来の進路に迷いがないとは思わないが、結局は落語の道を選ぶと思っていたのだ。

昨日までの暖平なら、同じように驚いただろう。だが今の暖平には碧のその答えに驚きはなかった。落語家は兄の翠の夢。碧の夢は寿司職人だ。

動揺で健太と凜の二人は沈黙した。正範は相変わらず直立不動の姿勢で床や壁、天井の一点を見るともなしに見ている感じだ。時折右手の中指でメガネのずれを直す仕草を繰り返していた。

「おいおい、そんな顔すんなよ。知らねえのか。今や大卒なんて珍しくもなんともねえけど、寿司握れりゃ世界中引く手数多《あまた》だ。どの国行っても仕事に困らねえってすげえだろ。俺ぁそっち行くよ」

みんなの表情は変わらなかった。

「でも、あの、よくわかんないっすけど調理の専門学校とかは春からですし、どこかの店に修業に行くにしても休みの日とかはあるでしょうから、そのときに練習に顔出してくださいよ。せめて春までは」

暖平は祈るような気持ちでそう言った。

碧は照れたような表情を浮かべて頭を掻いた。

「いや、実はな、先週結婚してな……親父になるんだよ俺」

「………」

「えぇえ！」

言葉の意味を理解するまでの数秒、間があったが、健太と凜だけでなく、今度は暖平もさすがに驚きの声を上げた。あまりの急展開に頭がついていかない。

「いつですか？　いつが予定日なんですか？」

健太が上擦った声で聞いた。

「来週だ」

もはや驚きの声すら上げられなかった。ただ半笑いの中途半端な笑みだけが浮かび、全身の力が抜けてしまっている。

「はは、はは」

という乾いた笑いが健太と凜から漏れた。

「子どもが生まれたら、かみさんの実家のある静岡の清水《しみず》に引越しだ。あのボロアパートも十一月末で引き払うことが決まってるし、十二月からは沼津にある寿司屋で見習いとして働き始めることも決まってる。だから今度の土日が俺にとっては人生最後の落語だ。もう二度とやるつもりはねえからそのつもりで聞けよこのやろう」

碧は笑ってそう言った。

暖平はこの大学に入って碧を初めて見た桜吹雪の中の光景を鮮明に覚えている。

生まれて初めて見た落語が碧の落語で良かったと心から思った。

数は多くないが、碧と過ごした日々の思い出が次から次へと浮かんできた。

それがなくなる。そしてあの落語がもう二度と見られなくなる。

自分のことを考えるとこれほど悲しく寂しい瞬間はないが、碧のことを考えるとこれほど嬉しくめでたい瞬間はないに違いない。碧は背負っている何かから解放されて自由になり、そして新しい何かを背負うべく、次の世界に挑戦しようとしている。

大人になるというのは、こういった出会いと別れ、言葉にできない複雑な感情を何度も経験していくことなのかもしれない。

暖平は気持ちの整理がつかないまま、次に言うべき言葉を探していた。

ふと見ると、ずっと動いていなかった正範がメガネをとって手の甲で両目を拭う仕草をした。

肩を震わせているのがわかる。

その姿は暖平の感情の堰《せき》を一気に決壊させた。

暖平だけじゃない。凜も健太も、両目から溢れ出るものを止めることができなくなった。

暖平以上にこの三人の方が碧と過ごした時間が長いのだ。

時間が経つほどに、一緒に過ごした様々な出来事が思い出されて感情が溢れ出るのも無理はない。

暖平だけでなくそれぞれが碧に救ってもらってここにいる。

この大学に落研がなければ、どうなっていたかわからない面々なのだ。

それは正範にとっても同じ、いや人一倍そうで、そのことに人一倍恩義を感じているのは正範だということは暖平にはわかっていた。

正範はメガネを掛け直すと震える声で、

「部長、ご結婚おめでとうございます」

と言った。

「おう、ありがとな。せっかくの門出なのに泣かれちゃあ困るよ」

そういう碧の目にも光るものがあった。

★

学祭一日目。

爽やかな秋晴れに恵まれて、キャンパス内は人で溢れていた。

大学の学祭がこれほどまでに活気に満ちているということに暖平は驚いていた。

高校時代まではそういうイベントは運営する側どころか、参加すらしないで過ごしていた。

「そんな自分が出演する側になるとは」

その変化をもたらしたのは、もちろん碧との出会いだ。

誰かと出会うことでこれほどまでに人間は変わるのだということに暖平は改めて驚いていた。

おそらく碧に声をかけてもらっていなければ、学祭の三日間とも、アルバイトを入れてこの喧騒から離れたところにいただろう。そして、そこに熱を入れている人たちを冷ややかに見ていたはずだ。

「何が楽しいんだか」

と無関心を装って、自分を慰めていたに違いない。

そうだとしたら、今のこの高揚感を経験することはできなかったのだ。この景色、この高揚感を『こ・こたつ』に見せてやることすらできなかった。

「ああ、もったいない」

高校までの自分に対してそう思う。


学祭での落語会には『日々喜会《ひびきかい》』という名前がつけられている。

学内の至る所に、

「第四回　日々喜会」

というポスターが貼られている。暖平たちが貼って回ったものだ。

三年前に碧がつけた名前らしい。珍しくいいネーミングだと暖平は思った。

いつ来ても喜びで満たされているという思いが込められているのだろうが、「ひびきあう」とも読める。

まさに、この二日間は五人がそれぞれの個性を発揮して響き合う時間になるだろう。

その中の一人として自分が入っていることが暖平には誇らしかった。


午前中は軽めの打ち合わせの後、ビラ配り。

「十三時から四〇二教室で、落語研究会恒例『日々喜会』開催で〜す」

声が嗄《か》れないように注意しながら、キャンパス内を歩く人にチラシを渡していく。

ギリギリの時間までビラを配っていた暖平が、控え室になっている四〇一教室に帰ってきたときにはみんな集合していた。

「結構いっぱいだよ」

という凜の嬉しそうな声に、暖平の胸は高鳴った。

「隣の教室の音を聞けば結構入ってるのがわかるだろ」

健太は嬉しそうに武者震いをした。

暖平は初っ端は自分の出番だと思っていたのだが、学祭での落語会は、必ずしも落語が好きな人が集まるわけでもなく、まったく興味がない人がちょっと様子見で入っては、すぐに出るということも多い。初っ端がつまらないと帰る人も多くなるだろうということで健太が務めることになっていた。

暖平は二番手だ。ちょっと肩の荷が下りたが、緊張していることには変わりない。

「大丈夫だ、こたつ。俺があったためといてやるから」

健太は興奮し切った表情でそう言った。

「あにさん、ホント、お願いします」

暖平は青白い顔で引き攣った笑顔を健太に向けた。

「お待たせいたしました。ただいまより『第四回　日々喜会』を開催いたします」

というマイクを通した凜の声が会場に響くと、それまで騒がしかった会場が一瞬で静かになり、それを合図に出囃子が流れ出した。

「行ってくるわ」

小声で暖平にそう言うと、健太は四〇一教室を出ていった。暖平はいてもたってもいられず、後に続いて教室を出た。

健太が四〇二教室の入り口を開け、黒い幕をたくし上げて舞台へと歩みを進めた。

想像していたよりも大きな拍手が健太に送られるのを聞いて、暖平はさらに緊張が増した。

たくし上げられた幕の隙間から会場の様子が暖平にも見えた。

前の方は空席がなくほぼすべて埋まっている。後ろの方は、一人だけが座れるような席は空いているが、二人や三人といった友人同士でまとまって座れるスペースはすでになく、そういった人が一番後ろで立ったまま舞台を見ているのがわかった。

拍手が静まった後、静けさの中で健太の落語が始まった。

いい緊張感が会場を包んでいる。

元々響く健太の声が、教室に響き渡っている。

その雰囲気を楽しんでいるのが声の調子からわかる。

「わての旦那の檀那寺が兵庫におりましてな、この兵庫の坊主の好みまする屏風じゃによって表具にやり、兵庫の坊主の屏風になりますと、かようおことづけ願います」

上方の商人のセリフの後の間で、どっと笑いが起こった。

練習していた『金明竹』を完全に自分のものにしている。

「さすがだな、あにさんは」

そこまでは聞いていた暖平だが、そこから先は自分の演目のことで頭がいっぱいで、健太の演目は耳に入ってこなかった。

時折起こる爆笑に意識が持っていかれそうになる。自分の演目に集中するために控え室に戻った。

やがて大きな拍手が会場に響き健太が控え室に戻ってきた。

顔中汗が噴き出している。表情を見ると本人納得の一本だったことがわかる。

「大丈夫だ、こたつ。今日の雰囲気はやりやすいから」

そう言って暖平の肩をポンと叩いた。すぐ後から凜が入ってきた。凜は会場の一番後ろで見ていたようだ。

「健太、よかったよ。噛んだ場所も一つもなかったし。次はこたつだね。頑張ってきな」

そう言って、凜は暖平の背中をポンと叩いた。

「は、はい」

めくりをめくったり、出囃子を流したりするのは、落研の部員ではなくその友人に頼んでいる。

凜の友人が反対の舞台袖から出てきて、座布団を裏返すと、めくりをめくった。

『背負亭こたつ』

の文字が現れた。

会場が少し静かになるのを感じた。

出囃子が始まった。

「お先に勉強させていただきます」

暖平は凜にそう告げると控え室の四〇一教室を後ろの扉から出て、すぐ隣にある四〇二教室の前の扉の前に立った。

一度大きく深呼吸をすると、

「よし」

と気合いを入れて幕をたくし上げて舞台に出た。

スポットライトなどはないが、何か自分に光が当てられているように感じる。

大きな拍手が送られた。

「こたつ！」

という声がどこかから上がる。

きっとクラスメイトの誰かだろう。

はやる気持ちを抑えて「ゆっくり行け」と暖平は自分に声をかけた。

座布団に座って、一瞬だけ会場を見るとすぐに頭を下げた。

大きな拍手が起こる間、暖平は座布団の縫い目を見ていた。

顔を上げたとき、最初に目が合ったのは美結だった。舞台正面の前から二列目に座っていて、両手を顔の前に出して最後まで拍手をしてくれている。いつもは結んでいる、まっすぐな長い髪を今日は結んでいない。格好もいつもよりちょっとオシャレをしているのがわかる。

暖平は思わず笑顔になった。

「えー、昔はありましたが今はもうなくなった職業に『飛脚』というのがございます。なんでも、すごい人になるってぇと、江戸と京都の間を月に三度も往復する者もいたそうで」

そう言って、挟箱《はさみばこ》についた長い柄を重そうに右肩に担ぐ仕草をした。

そして、ユッサユッサと上体を揺らし走る飛脚になった暖平を見て、一層笑顔になる美結が見えた。

「だいぶ暗くなってきたし、雨も降ってきたからなぁ。そろそろ宿を探さなきゃならないんだが、ここいらで泊まる場所があればなぁ……お？　あすこに旅籠の看板がかかってんな。なになに、『茗荷屋』か、ちょっと寄って泊めてもらえるか尋ねてみるか」

暖平は引き戸を開ける仕草をして、

「ごめんくださ〜い」

と声を上げた。

そのときだった。美結の隣に座っていた暖平の見たことがない男が美結の手を握った。

美結は特に驚くでもなく、その男の顔を見て嬉しそうにうっとりと微笑むと、手を繋いだまま二人ともが幸せそうな顔をして暖平の方を見た。

暖平は気が動転して、思わず固まりそうになった。

「ごめんくださ〜い。誰もいねえのかな」

本当は、そこで宿屋の主人が登場するはずだったのに、

「ごめんくださ〜い」

のくだりを続けた。

頭の中では、

「先に進めなきゃ」

と焦りが生まれていた。

「はいはい、何ですかこんな時間に」

宿屋の主人をどうにか登場させたが、二人の握った手がチラチラ目に入る。

「俺はバカだ」

一人で勝手に、浅草や学祭に美結を誘うシーンをシミュレーションして盛り上がっていた自分がこれ以上なく惨めに思えた。

唯一の救いは、そんなことを考えていたということをまだ誰にも言っていないことだ。

想定外の出来事に、暖平の頭は真っ白になりそうだった。

噺に集中しようとしても、二人の繋いだ手と、美結の笑顔と、見たこともない隣の男の笑顔が目に飛び込んでくる。隣の男はチラチラと美結の横顔を見ている。落語なんて聞いちゃいないのだ。

美結は山口県の高校を卒業して上京し一人暮らしをしている。

高校時代はバスケ部のマネージャーをやっていたという話も聞いたことがある。

大学内で彼氏らしき男と一緒にいる姿を見たことがなかったので、勝手に自分にチャンスがあると思い込んでいた。現に暖平の知る限り、暖平以上に美結と仲良く話をしている男子はいなかった。周りから見ても、美結と一番仲がいい男子は暖平だっただろう。

でもそれはおそらく、美結の彼氏が遠距離にいたからだ。

考えれば考えるほど隣にいる男の顔はバスケ部顔だ。そうとしか見えない。

あの笑顔は、久しぶりに再会を果たした男女が幸せを噛み締めている笑顔なのだ。

暖平の妄想は止まらなくなった。

「そもそもあんなに可愛くて性格がいいのに彼氏がいない方がおかしいことに気づけよ」

「なんで『彼氏いないの？』って聞かなかったんだ俺は」

「いや、聞けなかったんだよ。『いる』って言われたときのショックが怖くて、今のままでいたかったんだ」

そんな声が頭の中で響く。

このままでは落語がめちゃくちゃになる。

暖平は嫌でも目に入ってくる、目の前の光景を振り切るように左後ろを振り返った。

「婆さん。お客さんが来たよ。婆さん、婆さん」

背後の黒板を見つめながら、暖平は碧の言葉を思い出した。

「その世界の中で相手の目を見る」

その瞬間に暖平の視線の先に老婆が現れた。

自分のイメージの中で老婆を登場させたと言っていい。

出てくるまでに時間がかかったが、ちゃんと隣の部屋から襖を開けて、ゆっくり歩いて入ってくる姿を作り出すことができた。人だけでなく間取りも見えている。

「出てくるのが遅いよまったく。出てこなかったらどうしようかと思っちゃった」

独り言のように暖平がそう言うと、会場からは笑いが起こった。

暖平は客席を見るのではなく、自分が作り出したイメージの旅籠の中で、飛脚と宿屋の主人、その妻の三人の間を行ったり来たりしながら、噺を進めていった。

他の景色は何も見えないように、ぼんやりと宙を見てそこに相手を座らせた。

そこから先のことはあまりよく覚えていない。ただただ噺の中の住人になりきって、会話を進めた。

「ああ!」

旅籠の亭主になっている暖平は大きな声を上げた。

驚いた妻が主人を見つめる。

「どうしたんだい」

主人は妻の目をしっかり見据えて、情けない顔をした。

「宿賃もらうの忘れた」

暖平はそのまま客席を一瞥もせず頭を下げた。

会場は割れんばかりの拍手に包まれていたが、客席をチラリとも見ずに立ち上がり、そのまま四〇二教室を出た。後ろの入り口からは凜が興奮した様子で飛び出してきて廊下を駆け寄ってきた。

「こたつ、すごかったよ。どうしたの。別人みたいに上手かったじゃない」

暖平は軽く会釈をすると、

「部長のおかげっす」

と小さい声で言って、四〇一教室に入った。

この日に向けて『茗荷宿』ばかり練習してきた。

茗荷にやられてずっとぽ～っとしていたのは自分だと、暖平は暗い気持ちになった。

その後、凜は『強情灸』を演り、休憩時間を挟んで正範が『目黒のさんま』を演った。

学祭用に用意してあった演目はそれぞれ違ったはずなのに、日曜日の碧の発表を受けて演目を変えたのだろう。どちらも過去に碧が演ったことがある演目だ。二人は会場の一番後ろで見ている碧にそれを見せたくて演ったのだ。

暖平にはわからないが、凜にも『強情灸』に、碧との思い出というか絆のようなものがあるのだ。

どちらも、部長の噺をもとに演っているのにまったく違うものになっている。

それぞれにしか出せない個性が滲み出ていた。

その頃になると会場に美結と、手を繋いでいた『バスケ男』の姿はなかった。相手がバスケをしているかどうかなんてわからないのに暖平が勝手に命名した。

心の中に言いようのない寂しさが溢れていることに変わりはないが、暖平はだいぶ落ち着きを取り戻していた。

「俺がそんなにモテるわけないいんだよ」

と苦笑いをした。

暖平は会場の一番後ろに立って舞台の様子を見つめていた。

めくりがめくられて『文借亭那碧』の文字が現れた。

出囃子に合わせて舞台上に現れた碧の姿をじっと見つめた。

「よっ、文借亭。待ってました」

不意に上がった声に重ねるように、

「待ってました」

と健太が声を上げた。

暖平は一際大きな拍手を教室の後ろから送った。

はにかみながら歩く、いつもの碧の姿も今日と明日で見納めだと思うと、なんだか本当にこの瞬間が貴重すぎて、すべての瞬間を目に焼き付けたいと思った。

碧は座布団に座ると、一度会場全体を見まわしてから頭を下げた。

これまでで一番大きな拍手が送られた。

「えー、本日は落語研究会の『日々喜会』に足をお運びくださいまして誠にありがとうございます。

ここまで聞いていただいておわかりの通り、みんなそれはもう一生懸命夜も寝ないで練習をして素晴らしい落語ができるようになった師匠方の落語を聞いたことはあるんです」

会場に笑いが起こる。

「そんな素晴らしい落語を聞いたことはあるんですが、自分でやるとなると話は別です」

さらに笑いが起こった。碧の間というのはやはりさすがだ。暖平には真似ができない。

「この後も、これまで同様、長い割に中身はない、そういう時間になっております。どうか気楽な気持ちで最後までお付き合いいただければと存じます。

さて、今も昔も旅というものは人の心を大変ウキウキさせるものでございます」

碧は羽織紐を解いて、羽織を後ろに脱いだ。

「そんな昔の旅の噂を一つ。

東京をまだ江戸と呼んでいた時分のこと、旅人から忌み嫌われたのが『駕籠かき』だったんだそうでございます。もちろんすべての駕籠かきがそうだったわけじゃないんでしょうが、中にはひどい奴がいて……」あっという間に碧の作り出す雰囲気に、観客は取り込まれた。

「へえ」

と言いながら頷いて聞いている人もいる。

どんな話になるのかワクワクしているのがわかる。

暖平は、冒頭の「駕籠かき」の登場で、演目が『抜け雀』だとすぐにわかった。

それは暖平が偶然寄席で碧と会った日に、碧の大好きな落語家、今昔亭文聴が演った演目だった。

その演目を選んだ理由を知りたいと思ったが、おそらく碧に聞いても教えてくれないだろう。

自分で考えるしかない。

でも暖平にはなんとなくわかる気がした。

『抜け雀』は同じ職業を選び名声を博す親子の噺だ。

暖平が浅草で聞いたときには、父の文彦の手伝いとして、小学校の運動会で写真を撮るというバイトをして、その写真について母の桃子から褒められるという経験をしたばかりだったので、噺に出てくる絵師親子の関係を自分と文彦の関係と重ねている自分がいた。

碧も来月には、東京を離れ沼津で、碧の父と同じ寿司職人になるべく修業を始めることになっている。あのとき、暖平以上に碧の方が自分の状況と演目を重ね合わせていたに違いない。

もしくは、最後に自分の憧れへの挑戦か。

暖平は緊張して、噴き出してくる手汗を頻《しき》りに着物の前身頃で拭いていた。

落語を見守る部員の様子は誰も同じで、みんな碧の噺を目に焼き付け、その空気を全身で感じようとすべての感覚を研ぎ澄ませているように見えた。

ただ、当の碧だけが、何の気負いも緊張もなく、それこそ、この教室でいつも練習のときに見せてくれていたような軽快さで、落語を楽しんでいるようだった。

「部長には緊張ってもんがないのか」

思わず健太が口に出した。少し震えている。

暖平も思わず声に出した。

「すごいっす」

そこからは暖平は夢を見ているような気分だった。

坊主頭で話し続ける碧の周りには、あるはずもない風景が現れては消えていく。

屏風に描かれた雀が誰の目にも見えているのだろう。

何だか涙が出てきた。

気づけば終わっていた。

あっという間の三十分だった。

碧は深々と頭を下げた。

大きな拍手が教室を包んだ。

「明日も、同じ時間でやらせていただきます。各々今日とは違う演目を用意しておりますので、ぜひお越しください」

頭を下げたまま、拍手の中でもはっきりと聞き取れる声でそう言うと、もう一度深々と頭を下げて舞台を降りた。

★

一日目の公演が終わり、二日目の打ち合わせが行われた。

二日目は、最初が暖平、その後、凜、健太、正範と続いて、最後に碧という予定だったが、

「最後はこたつの後にやりてぇなぁ」

と碧が言い出したのを受けて、最初が正範、その後、凜、健太と続いて、中入り後に暖平、最後に碧という順番に変更された。

実際には、一番下手で、客が帰ってしまう可能性が高い暖平の順番をどこにするかを考えた場合、碧の直前というのが一番いいということなのだろう。

暖平の『茗荷宿』は、部員たちに好評だった。

「旅籠の婆さんが出てきたあたりから、なんか急に化けたよな」

健太にそう言われたが、まさにそのタイミングで何が起こったのかを知っているのは暖平だ

けだった。

　暖平は複雑な気持ちだったが、碧に、

「こたつの個性が出たいい落語だったよ」

と言ってもらえて、他のことがどうでもいいと思えるほど嬉しかった。

　その後、解散となったが、学祭自体は続いている。

　暖平はどこかに寄って学祭を楽しむような気分にはなれず、明日のために帰って休むことにした。もう一度明日の演目の練習もしておきたい。

　四号館の建物を出て、中央広場を横切っているとき、噴水横のベンチで二人並んで座っている、美結とバスケ男を見つけた。素通りしようと思ったが、美結の方が暖平を見つけて駆け寄ってきた。長い髪が揺れている。

「こたつくん。落語見に行ったよ。気づいた？」

　美結はいつもと変わらない雰囲気で暖平に話しかけてきた。暖平もできる限りいつもの雰囲気を出そうとしたが、相手にどう映っていたかはわからない。

「ああ。気づいた気づいた。来てくれてありがとな。どうだったよ？」

「すごかったぁ。もうおかしくってずっと笑ってたよ」

「そっか。そりゃよかった。一緒に来てた人も楽しんでくれたって？」

　暖平は後ろで待っている背の高いイケメンの方を見て言った。

「ああ。うん。楽しかったって。落語なんて聞いたことなかったけど、誘ってくれてよかったって。なんか興味持ったみたいよ」

「見たことないけど、地元の子？」

暖平はそう聞こうとしてやめた。答えがイエスでもノーでもどうでもいい。手を繋ぎながら幸せそうに落語を聞く仲であることは変わらない。

「そっか。じゃあ俺は明日の準備もあるから」

そう言って、暖平は笑顔を作った。

心の中では、

「さよなら」

と美結に告げながら手を上げた。

「うん、じゃあ」

美結はそう言うと、すぐに後ろで待っている男のもとに戻って行った。

その姿を目で追う余裕は暖平にはなかった。

できるだけ視界に入らないように反対方向に顔を向けて、帰路を急いだ。

早く二人がいる空間から逃げ出したかった。

第十席　文七元結《ぶんしちもっとい》

翌朝暖平はスマホの着信音で目を覚ました。

出ようと思った瞬間に電話が切れたので、履歴を見てみると「有賀亭めがね（有賀正範）」から六回電話が入っていた。今の時間は八時半少し前だが、最初の電話は七時に入っている。

集合時間は十時、公演は十三時開始のはずだ。

「どうしたんだろう」

考えてみれば、落研の先輩たちの連絡先は知っているのだが、電話で話したことは一度もない。すべてＬＩＮＥで事足りてきたからだ。

暖平はすぐに正範に折り返し電話をした。

正範はすぐに出た。

「おはようございます。すいません。電話もらったみたいなんですけど、気づきませんでした」

「いいですよ。それよりちょっと問題が起こりまして」

問題が起こったという割には正範の声は落ち着いていていつも通りではあった。そのことで暖平も冷静でいられた。

「どうしたんですか？」

「部長の奥さんが破水したんです」

「破水？」

暖平には出産に関する知識がまったくと言っていいほどなかった。『破水』という言葉も、聞いたことはあるが、それがどういう状態で、どれほどの危険度なのかもわからない。ただ、言葉の響きからするとやばいことになったんだというのは想像がつく。

「それで緊急で病院に運び込まれて、出産することになりました。部長も付き添いで病院に行っています」

「それって、大丈夫なんですか？　俺、よくわからないんですけど、破水って奥さんや子どもの命が危ないって感じなんですか？」

「どうでしょうか。僕も詳しいことはわかりませんが、すぐに出産することになったので部長も一緒に病院にいるという話だけ聞いてます。ただ、それが何時ごろまでかかるかとかがわかりません。すぐに生まれるのかもしれないし、時間がかかるのかもしれない。ちょっと調べたんですが人によっては数時間の場合もあるし、三十時間以上かかる人もいるらしいんです」

「今日……今日の高座はどうするんですか？」

「部長は『俺抜きでやってくれ』と言っていますが」

「ダメですよ」

暖平は即座に返事した。

「僕も『大変かとは思いますができるだけ来てください』と伝えました。ただ奥さんと子どもの無事が確認できていない状態で来いとは言えません。ですから来られる状態になったらすぐに連絡をくれるようにと伝えてあります。

ちょっとこの後どうなるかわかりません。公演自体はやりますが、部長の状況次第では、こたつの順番が変わるかもしれないということだけは覚悟しておいてください」

「わ、わかりました」

暖平は電話を切ると、大きく一つ息をついた。


暖平は集合時間よりもだいぶ早くに四〇一教室に着いたのだが、それでもすでに、正範と健太と凜がそこにいた。

「どうですか?」

暖平が碧からの連絡の有無を尋ねたが、正範は静かに首を横に振った。

「病院はどこですか?」

「杉並区だと聞いています。駅で言うと西荻窪が近いそうです」

正範はいつものように動揺など微塵も感じさせない冷静な声で言った。

「じゃあ、タクシーとかよりも電車の方が早いね」

凜の言葉に、健太が続けた。

「でも駅からここまでが結構かかるぞ」

腕組みをしていた正範が健太の方を見た。

「健太、いざとなったらバイクで武蔵小金井まで迎えに行けますか？」

健太はニヤリと笑った。

「そのつもりでメットもう一つ持ってきてます」

「連絡が入ってから、急いで三十分てところですね」

正範は独り言のようにそう呟いた。

「わかりました。それでは順番を変えましょう。

まずは、昨日と同じように健太が一番手。その後、僕が演ります。三番手が凜。中入りがあって、中入り後がこたつ。部長が間に合えばそのまま部長。間に合わなければ、僕がもう一度出て締めます。健太は自分の出番が終わったらすぐに着替えていつでも動けるように待機しておいてください。いいですか」

「はい」

暖平、健太、凜の三人が返事をした。

「部長……」

祈るような思いで暖平が心の中でそう言った瞬間、正範が笑顔になった。

正範の笑った顔を見るのが初めてだった暖平は、思わず息を飲んだ。

健太と凜も見たことがなかったのかもしれない。驚いた顔をしている。

「みなさん。辛気臭い顔してますよ。

こういうバタバタな状況こそ落語らしくていいじゃないですか。大丈夫ですよ。きっちりしてるのが好きな人は落語を見にきたりはしませんから。

なんだか間の抜けた、締まりのない運営でバタバタ慌てふためきながらやってやりましょう。それが落研《ウチ》のよさですよ」

健太がつられて笑顔になった。

「そうっすね。こういう状況こそ楽しめって部長なら言いそうっすね」

「あたし前から長いの演ってみたいと思ってたんだ。チャンスかも」

凜の顔も明るくなった。

暖平は相変わらず緊張のため笑顔を作ることができなかった。

ただ、その緊張は「どうしよう」という弱気なものから、「演ってやる」という前向きなものへと変わっていた。

正範は、暖平を見ていい表情になったと思って頷いた。

「部長、こたつが成長していますよ。見にきてくださいよ」

心の中でそう呟いていた。

★

二日目の四〇二教室は、昨日と同じように盛況だった。

二日続けて来てくれたクラスメイトもいるが、美結の姿はなかった。暖平は少しだけ安心した。

元々二日目は予定があると言っていた。遠距離恋愛中の彼氏と東京観光でもしているのだろうと思ったが、余計なことは考えまいと、頭を振ってそのイメージをふき飛ばそうとした。

まだ座席に空きはあるものの、座らずに一番後ろで立ち見を決め込んでいる人もいる。

「え！」

暖平は思わず声を上げた。

教室の一番後ろの立ち見の中に文彦がいるのが見えた。

「何で？」

暖平は身体中が熱くなり、鼓動が速くなるのを感じた。

確かに学祭で落語を演るという話を実家に帰ったときに桃子には伝えたが、文彦が大学まで見にくるなんて思っていなかった。

桃子が「へへ、父さんに言っちゃった」と笑っている顔が浮かんだ。姿は見えないが、きっと桃子もどこかにいるのだろう。

暖平は四〇一教室に戻った。

「よりによって今日みたいな日に……」

「時間だよ」

凛が四〇一教室で控えているみんなに告げた。

正範は頷いて、

「始めましょう」

と言った。

暖平はめくりをめくってくれる人に合図を出して、スマホに入れてある出囃子を再生した。ワイヤレスで繋がっているスピーカーから音が流れ出す。

舞台袖から健太が出ると、大きな拍手が響いた。

そわそわしている暖平に、正範が声をかけた。

「部長のことは一旦忘れて、それぞれの落語に集中しましょう。あとのことはなんとかなります」

「はい」

暖平は返事をした。

正範の言う通りだ。部長のことばかり考えている余裕など自分にはない。

「ちょっと集中してきます」

そう言うと、暖平は廊下に出た。

深呼吸をして心を落ち着けようとした。

★

健太も正範も凜も、持ち時間の倍ほどかかる演目を披露したが、碧からの連絡がないまま休憩時間となった。

休憩時間は長くとっても十五分だ。二十分を超えると、客も違う部活やサークルの公演を見に行こうと思うだろう。こうやって休憩で待っている間にも、外の仮設ステージからは、軽音サークルのバンド演奏の音とそれに対する歓声も聞こえてくる。

事前の予定では午後一時に始まり、二時間半で終わる予定だったが、すでに二時間が過ぎようとしていた。終了時間が午後四時を越えると客は途中でも退出してしまうだろう。

五時から学祭のメイン、人気お笑い芸人による漫才と人気アーティストによるライブが体育館で行われることになっているからだ。場所取りをしたい人はもっと早くから動くかもしれない。

実際に休憩時間には、誰もが、全体のプログラムが書かれた紙を広げて次にどこに行くかを話し合っている。

おそらく、この落語会が予定よりも時間がおしていることにも気づいているだろう。

「最後までいるか、途中で抜けるかを相談してる人が結構いるな」

すでに着替え終わって、いつでも出られる状態の健太が足を揺すりながら言った。

「部長から連絡はないんですか？」

凜が正範に尋ねるが、正範は無言で首を横に振った。

あと二分で後半を始めなければならない。

「こたつの演目は『やかん』ですよね」

「はい」

正範は腕組みをしたまま床の一点を見つめていた。

「おそらくこたつの演目の時間はゆっくり演っても十五分程度。部長は連絡があってから三十分はかかる」

正範は心の中でそう呟いた。そして、やや間があって一人納得したように何度も頷いた。

「しょうがないですね。

こたつ。君はいつも通り、自分のペースで『やかん』を演ってください。

しんどかったら早く切り上げてもいいですよ。

そのあと、僕が出てトリを務めます。めくりの人には最後は文借亭じゃなく、有賀亭に戻ると凜から伝えておいてください」

凜は無念そうな表情をしたが頷いた。

「こたつ、時間だ。行くぜ」

健太はそう言って、出囃子を流した。

暖平は気持ちを整理しようとした。

「俺の役目は、自分の落語を成功させて、正範さんに繋ぐことだ。それ以外のことを考えるな」

そう言い聞かせながら、深呼吸を三回して四〇一教室を出た。

暖平が四〇二教室に入った瞬間、拍手が起こった。

昨日よりも大きな拍手をもらえた気がする。

はやる気持ちを抑えつつ、できる限りゆっくりと座布団へと向かった。

座布団に座ると、会場をあまり見ずに深く頭を下げた。

一層拍手が大きくなった。

「えー、お初にお目にかかるという方も多いかと存じます。背負亭こたつと申します。こたつにあたるには、まだちょっと早い季節ではございますが、しばしの間、こたつに足を入れたとでも思ってお付き合いいただければ幸いです」

挨拶をしているときに、一番後ろの文彦がカメラをこちらに向けているのに気づいた。

父親に落語を見られる気恥ずかしさは自然と感じなかった。

何せ小中高とずっとこうやって撮られてきた。文彦に写真を撮られるのは慣れている。

　お客さんの反応も悪くなさそうだった。

「えー、知ってなきゃならないことを知らないって言うことは具合が悪いてぇことがあったのは昔から同じだったようでして、そうなるってぇと、知らないことを知らないと言えない『知ったかぶり』をする人があったそうです。

『おお、愚者。そう、お前さんだよ愚者。どうした何をしておる愚者よ』

『ご隠居、どうでもいいけど、あっしが通るたびにその愚者って呼ぶのやめてもらえませんかね。なんかこう、ものがグシャって潰れたような音がして嫌なんすよね。あっしにもちゃんと八五郎って名があるんですから』

『愚者だから、愚者と申しておるのじゃ』

『いつもこれだ、ご隠居は自分のことを物知りで賢いと思って、おいらのことを馬鹿にしてやがる。今日はちょっと凹ましてやろう。……いや、あのねご隠居、ご隠居は何でも知ってる物知りだから、あっしの知らないことでも知ってるかと思ってちょっと聞きたいんですけどね。魚のイワシってのがいますよね』」

　暖平が昨日のように、客席ではなく自分でイメージした長屋の部屋の中に、ご隠居と八五郎を座らせて二人を会話させようとしたそのときだった。

　ぼんやりと視界の端に駆け込んでくる和服姿が見えた。

　暖平は一旦そちらにピントを合わせた。

凜だった。何かを伝えようとしているのはわかるがそれが何なのかがわからない。

暖平は自分が大事なセリフを飛ばしてしまったんじゃないかと思い一瞬思考が止まった。

「ね、イワシ。……あのイワシね……あれ、どうしてイワシって言うんですか？」

暖平は恐る恐る先に進めたが、まだ動揺したままだった。

「そんなことも知らないのかい。だからお前は愚者と言われるんだよ。教えてやるからな、よくお聞きよ。あれはな、イワシという魚はもよおしたときに、『岩』に『シィ～』とやる。だからイワシと言うんだよ」

会場から若干の笑いが起こった。

「……へぇ。……『岩』に『シィ～』だからイワシですかい」

次の瞬間、凜が紙に何かを書いて頭上に掲げた。

「部長が来る！」

細いペンでの殴り書きだったので読みにくかったが、間違いなくそう書いてある。

つまりそれまで頑張れと言いたいのだ。

暖平は身体中から一気に汗が噴き出してくるのがわかった。

暖平の『やかん』は十五分で終わる演目だ。連絡をしたときに西荻窪の駅だったとしてどんなに急いでも碧がここに来るまでに三十分はかかる。

「自分にできるだろうか」

とは考えなかった。

暖平の頭の中には、

「絶対に何が何でもそこまで繋ぐ」

という思いだけが、駆け巡っていた。

暖平は視線を目の前の現実の光景ではなく、自分の作り出した架空の部屋の中に移した。そこには長屋の一室があって、ご隠居と八五郎がいる。何が何でもこれから三十分、二人に会話をさせ続けるのだ。

★

「へぇ～、鵜が難儀したから鰻ですか」

八五郎は魚の名前だとやり込められると思って、部屋を見回して目につくものを言っていくことにする。

「じゃあ、茶碗は？　どうして茶碗って言うんです？」

「茶碗はちゃわんと置くから茶碗だ」

「う～ん、じゃあ土瓶は？」

「土瓶は土でできてるから土瓶、鉄でできてりゃ鉄瓶だ。そんなことも知らんから愚者と言われるんじゃ」

「くぅ〜」

悔しがる八五郎。

ここで、

「じゃあやかんは」

が本来のセリフであるが、それを言ったら噺が終わってしまう。

だいぶ間をとってゆっくり話したつもりだがそれでも五分も引き延ばせないだろう。

暖平は教室の一番後ろに立っている凜を見た。

渋い表情で首を横に振っている。碧はまだ来ていないらしい。

「う〜ん、じゃあ、やかんは？　やかんはどうしてやかんって言うんですか？」

「やかんは矢でできて……はいないいか」

「どうしました？」

「これは元は『水沸かし』と言った」

「それを言うなら『湯沸かし』じゃないんですか？」

「沸かして初めて湯となる。だから『水沸かし』じゃ愚者よ」

「愚者、愚者っていちいち。で、じゃあその『水沸かし』がどうして『やかん』になったんです？」

「それはな、昔、川中島の合戦で夜討ちにあった若い武士がおってな、咄嗟に応戦しようとしたが暗くて兜が見つからずに手元にあった『水沸かし』を頭に被ったんじゃ。そこに敵の『矢』が『カーン』と当たった。そこから『やかん』と言うようになった」

「へー。でもそんなもん被ろうにもツルの部分が邪魔だったでしょ」

「ツルは顎にかけて緒の代わりにした」

「蓋は？」

「蓋はポッチを咥えて面代わりじゃ」

悔しそうにする八五郎。

「じゃあ湯が出る口はどうです？　あんなの邪魔でしょうがないでしょ」

「名乗りを聞くのに耳の部分が空いてた方が都合が良い」

「それじゃあどうして片方だけなんです」

「口がない方は被ったまま寝るときに下にするためじゃ」

気が早い客が拍手をしようと両手を胸元に持ってこようとしていた。

おそらく他大学の落語研究会の部員なのだろう。話の終わりのタイミングがわかっているのだ。

ところが暖平は頭を下げないで、下唇を噛んだまま悔しそうな八五郎を演じている。

「こたつ……」

後ろで見ている凜が拳を握った。

会場は少しの間沈黙があり、やがてざわつき始めた。

「チキショウ。俺が何にも知らないからってからかってやがる。何を聞いても知らねえとは言わねえんだよな、このご隠居は。

でもどうにかギャフンと言わせてえなぁ、今日は。

よし、ちょっと俺ん家に誘ってみよう。

『ねえ、それよりご隠居、腹減ってません？』

『ん？　そうじゃな、もうお昼時だし、そう言われてみれば小腹が空いてきたかな』

『ちょうどよかった。いえね、あっしぁこれからうちに戻って鍋でも食おうって思ってたんですがね、ご隠居も一緒にどうかなぁって……あ、でも……』

『ん？　どうした』

『いや、お誘いしようと思ってたんですがね、やめておきますよ』

『どうしてだい』

『いえね、あっしの作る鍋ってのは、あっしにとっては美味いんですが、他の奴に言わせると辛くてしょうがねえってみんな一口で音を上げるんですよ』

『おいおい、聞き捨てならないねぇ。私はこの界隈では大の辛い物好きで通ってるんですよ』

『いや、やめておいた方がいいですよ。みんなそう言うんですよ』

『要らぬ心配は無用です。ささ、行って食べてみようじゃありませんか』

ってんで、二人で長屋を出まして、やってきたのは八五郎の部屋」

会場は一種異様な雰囲気になり始めていた。

大半の客は落語を聞くこと自体が初めてなので、どのタイミングで噺が終わるのかを知らない。

演者が頭を下げたときが終わりの合図だと思っている。

一方で、他大学の落研の部員や落語を聞いたことがある人は、『やかん』は終わったはずなのに噺が全然違った方向に続いていることに戸惑い、一緒に来ている者同士で、顔を見合わせたり、「終わらないの?」と小声で言い合ったりしている。

その雰囲気が少しずつ会場全体に広がり続けて、妙なざわつきが起こっていた。

暖平は涼しいはずの教室で一人額から大汗を流しながら、客席の反応などお構いなしで噺を続けている。暖平には八五郎の長屋の中のものしか今は見えていない。

出番になると思って準備していた正範が四〇二教室に後ろから入ってきて、凜の隣に並んだ。

「どうなってるんですか?」

演目は終わったはずなのに、舞台上で何やら話し続けている暖平を見て凜に聞いた。

「こたつが暴走してます」

凜はそう言って笑った。

「あいつ、部長が来るまでやるつもりですよ」

「こたつ……」

正範は必死で噺を続ける暖平を見つめた。

ご隠居が八五郎から器を受け取って鍋を食べようとしているところだった。

「見た感じ、それほど辛そうじゃないですね。どれどれ」

そう言って恐る恐る扇子を口元に運ぶ。

「カッ、うわっ」

「どうしました？」

「……うん、そうじゃな。普通の奴が音を上げるのも無理はない辛さじゃとは思うが、私にとってはちょっと辛みが足りんかな。まあ、お前さんにはちょうどいいのじゃろうが」

そう言ってすましているご隠居の顔を、意地悪な目つきで八五郎が覗き込む。

「そうですか。そりゃあよかった。いえね、あっしにとってもこれじゃ足りないんですよ。ご隠居が食えねえといけねえから唐辛子の量を少なめにしておいたんです。じゃあ、もっと入れますよ」

嬉々として唐辛子を加える八五郎。

それを心配そうに見つめるご隠居。

会場に笑いが起こった。

そのとき暖平の視界の端にぼんやりと映っていた正範と凜が、慌てて教室を出るのが見えた。

暖平は構わず演じ続けた。

「そういうお前さんもまったく箸がすすんでないではないか。まさか辛くて食えないってわけじゃないだろうねぇ」

辛みを我慢しながら、ハァハァ言っているご隠居が八五郎に疑いの目を向けた。

「あっし？　あっしはもう、こんなのいつも食っててんすから。全然大丈夫ですよ」

そう言って扇子に二、三度、フーフーと息を吹きかけて口に運ぶ。

「ああ！　かっ……うぐっ……」

「どうした？」

「い、いえね、いつもと味が違うからちょっと驚いただけで、いつもはもうちょっと辛いもんですからね」

観客がまた笑う。

その瞬間、後ろの扉から凜が飛び込んできた。

あまりの騒々しさに後ろの方に座っている客の何人かはその様子に気づいて振り返るほどだった。

「部長到着！　着替え中!!」

そう書かれた紙が掲げられている。

暖平は思わず頷いた。

「ご隠居もどうぞ、遠慮なく」

「ん？　ああ、そうかい。そんなに気を遣わなくていいんだよ。これ？　私の？　こんなに入ってんの？」

ご隠居はゆっくり時間をかけて、苦悶の表情を浮かべながらお椀の中身を食べていく。

その様子がおかしくて、客はクスクス笑っている。

「ん、ああ……ああ……」

「どうしたんすか？」

「美味かった」

どこまでも強情なご隠居に客は笑い声を上げた。暖平はもう汗だくである。

チラッと舞台袖を見た。

特に変化はない。

「えー、どうせだからこれも聞いちゃおう。ご隠居、どうしてそれは『お椀』って言うんですか？」

「ん？　これか、これはな、大昔犬に飯を食わしてやろうとしたときに使ったのが始まりでな。これを咥えて『ワン』と犬が鳴いたところから『お椀』と名がついた」

「へー。犬がね。ワンとね」

八五郎が呆れた顔をしたとき、舞台袖の扉を健太が開けて顔を覗かせたのが視界の端に見えた。健太が大きく頷いた。どうやら準備ができたらしい。

「じゃあ、その『おワン』で、もう一杯どうですか？」

「いやもう結構、そろそろ帰るとしよう」

「ご隠居、まだいいじゃないですか」

「いや、今日はもう十分だ。随分とからかった」

会場の前方から「おぉ」という感嘆の声が漏れた。

「おあとがよろしいようで」

暖平はそう言って深々と頭を下げた。

大きな拍手が鳴り響き暖平は立ち上がろうとした。

いつもの倍の時間座っていたので足が痺れ始めている。それでもなんとか立って舞台を降りた。

廊下では健太が満面の笑みで暖平のことを待っていた。

「こたつ！　よくやった。マジでよくやった」

暖平は笑顔を引きつらせて会釈をした。

隣の四〇一教室に入ると碧が羽織を羽織って支度が完了したところだった。

「こたつ。ありがとな」

碧の言葉に、思わず涙がこぼれそうになった。

「部長。お子さんは」

「ああ、生まれたよ。女の子だ。だがその話は後だ」

凜が四〇一教室に顔を出した。

「部長、お願いします」

隣の四〇二教室から出囃子が聞こえてくる。

碧は笑顔を作った。

「行ってくる」

「お願いします」

凜と健太、そして暖平は碧の背中を見送ってから廊下を走って四〇二教室の後ろに入った。

碧は舞台袖でいつものように呼吸を整えているのだろう。

まだ出てきていなかった。

『やかん』はあんな噺じゃないだろ」

暖平は話しかけられて初めて隣に文彦が立っていることに気づいた。

「でもよかったぞ」

文彦は素直にそう言った。

実は、暖平が落語研究会に入ったと聞いてから密かに落語を聞くようになっていた。

暖平は子どもの頃から、人前に出て目立つようなことをするタイプではなかった。

幼稚園のお遊戯会では役名が「魚B」。合唱で指揮をやることもなければ、合奏では大勢いる「リコーダー」の中の一人。運動会も騎馬戦は土台の右後ろ。リレーに選ばれたこともない。

これまでの暖平は、スポットライトを浴びて注目されるような場所に立ったことなどなかったのだ。

文彦はいつもよその子がメインの写真ばかりを撮ってきた。

その息子が、たった一人で多くの人の注目を浴びる中、落語を演る姿は文彦の胸を熱くした。

いつも以上に無心でシャッターを切っていた。

誰かの晴れ舞台は、写真屋にとっても一番幸せな瞬間なのだ。

その誰かが自分の息子であることを心から幸せだと感じた。

そこには文彦の知らない暖平がいた。

実家を出て、いろんな人と出会い成長している姿は自分のもとから巣立ったという思いを文彦に抱かせた。それは嬉しいことであり、寂しさはなかった。

暖平は、素直に「ありがとう」と言うのも照れ臭く、かと言って、褒められたことで、「何で来たんだよ」と問い詰める気にもなれずに、

「母さんも来てんの？」

と言葉を返した。

「ああ、あそこに」

文彦が指差した先には、前に座っている人の背中に隠れるように小さくなっている桃子が、苦笑いをしながらこちらを見ていた。

「それより父さん。これから演る部長の写真を撮ってくれよ。会場の前の方まで行っていいからさ。いいアングルで最高の一枚を撮っておいてほしいんだよ」

「ぶんしゃくてい……さんの？」

「あやかりていだよ。これが最後なんだ」

暖平の潤んだ瞳に、文彦はその言葉に込められた思いを感じた。

「そういうことなら、まかしとけ」

そう言うと文彦はカバンの中から「写真」とプリントされた黄色い腕章を取り出して左腕に通した。おそらくいつも地元の学校での撮影で使っているものだろう。

「これ付けとくだけでウロウロしても怒られないんだよ」

文彦はそう言って笑った。

暖平は笑顔を作ると部員たちのもとへと戻った。

入れ違いで桃子が文彦のところにやって来た。

「何、やだ。あなたその腕章。ここで仕事するつもりなの？」

「暖平に頼まれたからな」

「あの子に撮らせればいいじゃない。この前の運動会の写真も、結構いいの撮れてたでしょ。あなたも言ってもいいんじゃない？」

「何を？」

「おあとがよろしいようでって」

文彦は桃子が言おうとしていることを理解するのに少し時間がかかったが、ややあって口元だけで笑った。

「まだまだだよ」

会場が大きな拍手に包まれた。暖平は、部長の最後の落語の姿をスマホで撮っておこうと思っていたが、その必要はない。文彦がいる。ただこの時間を、空気を全身で味わおうと思った。

暖平もありったけの力を込めて拍手をして、

「待ってました！　いよっ文借亭！」

と声を上げた。瞬間的に、ふと、文彦との会話を思い出した。

「なるほど」

と心の中で唸った。文彦が言った「運動会に拍手と応援が戻ればそれでいい」というのは、自分がみなさんのお子さんのいい写真を撮るから、精一杯拍手と応援をしてやってくださいということだったのだ。

舞台を見ると碧が入ってきていた。いつものように落ち着いている。

「やっぱ部長の所作はいいなぁ」

見るたびにそう思う。

それがもう見られないと思うと、暖平はその姿を見るだけで涙が出てきた。

鼻を啜ろうとした瞬間に、隣から鼻を啜る音が聞こえてきた。

並んで見ている健太と凜も泣いている。

その横で腕組みをしている正範が言った。

「落語は泣いて見るもんじゃないですよ。笑って見なきゃ。ほら部長がそう言ってますよ」

舞台の碧がニヤニヤしながら会場を見渡している。

暖平は着物の袖で涙を拭った。

碧はゆっくりと頭を下げた。

これまでで一番大きな拍手が碧に送られる。

「待ってました！」

暖平は思わず声を上げた。

「えー、昨日今日と、お運びいただきありがとうございます。

これだけ多くの方に集まっていただけたというのは、本当にありがたいことで、我々への期待の高さが窺えるのですが、ご覧になっていただいてわかる通り、その期待を大きく下回ることがないかわりに、大きく上回ることもない、いたって何事もない時間が過ぎていくだけでございます。それでも最後までいらっしゃるということは、最後くらいなんかあるのかなぁと思っていらっしゃるのかもしれませんが、何にもないんであります。どうぞあまり期待せずに最後までお付き合いください」

会場は最初の挨拶で碧の世界に引き込まれていて、笑いが欲しいときに笑いが起こる、『いい落語会』独特の雰囲気になっている。

碧は羽織の前の結び目を解いた。

「昔、東京を江戸といった時分、本所の達磨横丁に左官の長兵衛というものがおりました。大変腕がたつ左官で仕事をさせたら右に出るものはいないと評判だったそうですが、博打に目がない。その日も博打で負けて、身ぐるみ全部剝がされてとんび細川の法被一枚で帰ってきた。

『おう、けえったぞ。何だよ、誰もいねえのかよ』」

「『文七元結《ぶんしちもっとい》』だ」

落語に詳しい人は出だしの登場人物で演目がわかる。会場の数カ所で驚いたようにヒソヒソ話をしているのが聞こえる。暖平は初めて聞く演目だったので、どんな噺か知らないが、その反応から難しいやつに挑むのだということが何となくわかった。

古典落語の演目は昔からずっと続いているだけに、大作と呼ばれる難しい演目ほど、昔の人と比較されたり、名人と呼ばれる人と比べられたりする。特に往年の落語ファンの人ほど、そうしたがるだろう。

だから、大作は演る側にも相当な自信と覚悟が必要だ。

そんな聖域に碧は踏み込もうとしている。

暖平に緊張が走った。

「部長……」

祈るような思いで舞台を見つめた。

舞台上の碧はただただ楽しそうに演っている。

「心配すんな。俺は上手えから演ってんじゃねえよ。自分が演りてえから演ってんだ」

と言われているような気がした。

「そうだ。部長はいつだって誰よりも楽しそうに落語をしていた」

「こたつ！　どんなときも楽しめ。おめえもやりてえことをやれ。お前の『こ・こたつ』がその景色を待ってるぜ」

碧は暖平にそういうメッセージを伝えようとしているのかもしれない。

暖平にはそうとしか見えなかった。

一瞬、暖平には、碧と翠が二人で落語をしているように見えた。

「そうか。この瞬間に間に合わせるために、翠さんも必死で大学に行く準備と覚悟をしてたんだな」

暖平はそう思った。

今日子どもが生まれたということは、妊娠がわかったのはおそらく暖平が大学に入学した頃だろう。それは、すぐに碧から翠に伝えられたに違いない。

翠自身が、自分の見たい景色はこれからはちゃんと自分で見に行くから、碧はもう自分の道に行けと行動で伝えたかったんだと思う。実際に言葉でもそう伝えたかもしれない。

そして、この半年間、部長がほとんど大学に顔を出さなかったのは、その先のことを決めていくので忙しかったからだろう。

人生経験に乏しい暖平でも、大学をやめて結婚して子どもが生まれるとしたら、相手の家族に許してもらうとか、妻子を養っていく準備のために越えなければならないハードルがとてつもなく多そうだということくらいは想像がつく。

そんなことはおくびにも出さなかったが、きっと碧にとっては大変な日々だったに違いない。

そんな碧の大学生活の集大成であるこの時間を、誰かの評価や、誰かとの比較という形で邪魔されたくない。暖平はそう思った。

「そうだ。部長！　思いっきり演ってください。この景色を俺は目に焼き付けますよ」

暖平はようやく噺の中の住人になれた。

第十一席　子ほめ

　一人一人がバラバラに面会に行くと迷惑だからという正範の提案で、部員はまとまってお見舞いに行くことになった。

「退院の日はバタバタするだろうから、その一日前くらいがちょうどいいだろう」

　ということで木曜日に決まった。大学は学祭の後片付けなどがあり今日まで休講が続いていた。

　暖平は約束の時間きっかりに病院に着いたが、他の部員は誰も来ていないようだった。仕方なく病院内に入り、産婦人科のある病棟のナースステーションに先に向かった。

「あの、面会をお願いしたいんですけど」

「お名前は？」

「えっと、白藤《しらふじ》美咲《さき》さんです」

「じゃあここにお名前を書いて、検温とアルコール消毒をしてから行ってください。この廊下の突き当たり手前左手の部屋になります」

「ありがとうございます」

暖平は言われた通り、面会者の欄に自分の名前を書こうとして、そこに、すでに有賀正範、下田健太、溝口凜の名前があることに気づいた。

「みんなもう来てるの？」

暖平は慌てて部屋へと急いだ。

「すいません。こたつです。入ります」

入り口前でそう告げて中に入った。

「おう、こたつ！　よく来たな」

碧の声が返ってきた。

碧が座っている椅子を囲むように、正範と健太、凜が立っている。

その前のベッドに上体を起こして座っているのが美咲だろう。

暖平に対して会釈してみせた。

開いている窓から、秋の風が入ってきて美咲の髪を揺らした。

「あ！」

暖平は思わず声を上げた。

「どうした」

碧の言葉に暖平は思わず口籠った。

「いえ、何でもないです」

そう答えたが、目の前に座っている女性は、間違いなく入学式の日に、桜の舞い散る春の風の中、碧の落語を見ていた人だった。一度目が合ったのを覚えている。

「そうか、あのときの。なるほど」

暖平は心の中にそのことを留めておいた。

「いやぁ、あにさんからLINEもらっててよかったですよ。病院に来て忽那さんを探せばいいと思っていましたから。まだお名前が結婚前のままなんですね」

「いやいや、結婚して名前が変わったんだよ」

「え?」

暖平は碧の顔を見た。

「俺が、忽那をやめたんだよ。白藤碧になったの。どうよ。いいだろ」

「え! どうよって言われましても、何て言っていいか」

暖平はどう答えていいかわからずアタフタした。

「考えてみろよ。忽那碧って名前は大変だったんだぜ。誰かが「なあ、おい」って道で叫ぶたびに自分が呼ばれたんじゃねえかって振り返ってたんだから。違う名前がいいなぁってずっと思ってたんだよ。そしたら美咲は一人っ子だし、白藤って綺麗な名前じゃねえか。

おまけに俺は静岡で寿司職人の修業をするんだ。なんか白い富士って感じでいいだろ」

「は、はい」

暖平には、そうとしか言いようがなかった。

「いつか独立してアメリカあたりで店を出すときには『白富士』って寿司屋にしてやろうと思ってんだ」

他の三人は事前に知っていたのだろうか。

教えてくれればいいのにと思いながらも、何となく落研の部員らしくて笑えてきた。

別に隠しているわけでもないけど、そういう距離感なのが心地いい。

「いいなぁ。あたしも結婚しても溝口のままでいたい」

凜が羨ましそうに美咲を見た。

「でも『忽那』じゃなくなれば寂しい人もいるんじゃないですか？」

健太が言った。

「寂しくねぇよ別に。双子の兄貴がいるから」

「ええっ！」

今度は、三人が一斉に驚きの声を上げた。

「部長、双子のお兄さんがいるんですか？」

一番付き合いの長い正範がそう言ったところを見ると、本当に誰も知らなかったようだ。

「あれ、言ってなかった？　春頃にお前たち俺のアパートで卒業アルバム見てなかった？　あそこに写ってるからてっきり知ってるもんかと思ってたよ」

「え？　部長に似てる人なんていました？　知ってたら探したのに。部長があまりにも今と変わらないからそれ見たら盛り上がって終わっちゃいましたよ」

健太がそう言うと碧は笑った。

「それ俺じゃねえよ。坊主頭だっただろ？　そっちが兄貴の翠だ。名前見なかったの？　だって卒アルの俺の写真、ロン毛のパーマで写ってるから。ハードロックばっかやってたからさ」

「ええっ、それ見逃した！　もう一回見に行っていいっすか？」

健太が言った。

「もうだめだよ」

碧は笑って言った。健太が暖平を見て、正範に言った。

「こたつがあんまり驚いてませんでしたよ」

「知ってたんですか？」

正範に言われて、暖平は恐る恐る頷いた。

「はい、あの、みなさんご存知だと思っていたので。あっ、でも卒アルの写真は見逃しちゃいました」

美咲がそのやりとりを見て幸せそうに笑っていた。

「それよりこたつ、その背中に背負ってるのは何だよ」

健太の言葉に、暖平は思い出したように、

「そうそう」

と言った。

「この数日、ちょこっと旅行をしまして、そのお土産です」

そう言いながら背負っている大きな入れ物をようやく下ろした。

「いいなぁ、あたしなんかみんな休みの中、教員免許取るための授業があったから大学だったよ」

「あれ？　あねさん先生やめるんじゃ？」

「部長に取っとけって言われたの」

「噺家になるにしても、先生の資格持ってる噺家って珍しくていいだろ。逆に先生になるにしても、噺家の修業したことがある先生っていいじゃない。邪魔になるもんじゃねえから取っとけって言ったんだよ」

「へえ、そんなあねさんにはこれです」

暖平は他の中身が見えないように小さな額に入った写真を取り出した。

「わぁ！」

凜は喜びの声を上げた。

落語をしている凜の写真だ。躍動感がある。噺の中で凜が笑った瞬間を逃さず捉えている。

「すごい！　あたし可愛い」

「どこがだよ」

健太からツッコミが入ったが、凜は無視した。

「どうしたのこれ」

凛が聞いた。

「いや、実は日曜日、俺の親父が来てたんです」

「親父さん？」

健太は凛の写真を覗き込みながら言った。

「ええ、俺が落語やるってんで見にきたみたいなんですが、うちの実家写真館なんすよ」

「ほお……」

健太が驚きの声を上げた。これも碧以外は知らないらしい。

「そんで、会場であにさんたちの写真も撮っておいたみたいで、俺が選んで持ってきました」

「ああ、そういえば怪しいおっさんいたな。部長を迎えに行って、帰ってきたら『写真』って書いた黄色い腕章して会場中歩き回って写真撮ってるおっさんがいるんだもん。驚いちゃった。あれ、正範さんが頼んだ業者だと思ってたんすよ。えらい攻めるなぁって」

健太はそう言った。

「僕は、部長のために健太が頼んだ人だと思ってました」

正範の言葉に、凛も同意した。

「あたしも健太だと思ってた」

暖平は苦笑いを浮かべた。

「あれ、うちの親父です。すいません勝手に。あの腕章あったら無敵なんすよ。どんどん入って行っちゃうんす。でもいい写真がいっぱいありました。あとで見せますね」

そう言って暖平は袋をまさぐり、別の額を取り出した。

「これがあにさんです」

「おお！」

期待して受け取った健太は腰が砕けそうになった。

「何だよこれ、どうして俺のはこんななの？」

そう言った瞬間、凜がその額を横からスッと奪い取った。

「ハハハ。いや、これ健太が一番表れた写真だよ。すごいよ！」

写真には、健太が膝立ちになって熱演している様子が写し出されていた。

健太の顔はひょっとこみたいに歪んでいるが、客席後ろから撮ったのに、客が笑っているのがわかる写真だった。

「そして、これが正範さんです」

「ああ、僕の分まであるんですね。ありがとうございます」

正範はいつもの調子でそう言うと、額を受け取って、まじまじと見つめた。

表情の変化が感じられないので、どう思っているのかがわからないが、しばらく直立不動で写真を見つめている姿を見て碧が、

「珍しく正範が喜んでるねぇ」

と言った。碧にはその変化がわかるらしい。

写真は正範が、『千早振る』という演目で花魁《おいらん》「千早」の若い頃を演じている瞬間だった。

メガネをかけた正範は普段は背筋を伸ばして直立しているのだが、若い女性を演るときにだけ、長い首を少し傾けて伏し目がちになる。その姿が妖艶で本当に美しい花魁がそこにいるように見えるのだ。そのシーンを文彦が逃さず捉えている。見事としか言いようがない。

暖平はこの写真を見て初めて、

「確かに正範さんの演る花魁は、誰よりも色っぽい」

ということに気づいた。

碧は横から写真を覗き込んで頷くと、

「ほらな」

と一言正範に言った。

何が「ほらな」なのか暖平にはわからなかったが、おそらく碧は三年間ずっと正範のよさはそういうところにあるということを伝えてきたのだろう。

「で、最後にこれが部長です」

成人男性の肩幅くらいありそうな一際大きな額を取り出した。

それまでの写真と違って、この一枚だけ客席の一番前の下手側から見上げるようなアングルで撮られていた。

写真の左側では碧が、客席に向かって熱弁している。

右側にはそれを見上げ、目を輝かせて弾けるような笑みを浮かべながら聞いている観客が収まっている。

まさに、あの日のあの場の雰囲気を凝縮したような一枚だ。

「すごい。素敵。会場の空気感まで写ってるみたい」

そう言ったのは美咲だった。

「そうかい？」

碧は照れながらも嬉しそうにそう言った。

「これらは俺が勝手に選んだものなんですけど、他にもたくさん写真のデータがありますんで」

そう言いながら、自分のスマホを碧に手渡した。

健太と凜が顔を近づけて、碧がスクロールする画面を食い入るように見ていた。正範も遠目ではあるが二人の隙間から顔を覗かせている。

「あとでみなさんに送ります」

「俺、もっと男前に写ってる写真探して自分でプリントしよ」

健太が言った。

「こんな写真撮ったことなかったな」

スクロールしながら碧が言ったのは客席の写真だった。

落語を聞いて心から笑っている客の写真が次々出てきた。中には泣いている人もいた。『文七元結』は人情噺だ。最後に駕籠からお久が出てくるくだりで、鼻を啜る音が聞こえていた。

「こたつのお父さん、すごいね」

凜が率直な感想を言った。

「悔しいんすけど、そうなんすよね。俺、親父の撮る写真以外見たことがなかったんすけど、大学入って他の学校の卒アルとか見せてもらうと全然違うんすよね。親父の写真はみんなイキイキしてるっていうか、場の空気感が出てるっていうか。だから日曜に来たときは、『何で来たんだよ』って思ってたんすけど、写真見て『また来てよ』って言っちゃいましたよ」

「ウソ！　今度はあたしメインで撮ってってって言っといて」

凜が嬉しそうな声を上げた。

「プレゼントと言えば、僕からも大したものじゃないですけど、美咲さんにプレゼントがあるんですけど」

正範がボソッと言った。

暖平は少しホッとした。ここにいるみんなにお土産を持ってきたつもりが、肝心の美咲には何も用意していなかったからだ。

「正範さんナイス！」

と心の中でつぶやいた。

「以前、部長の部屋で借りたものなんですが」

そう言いながら正範はカバンからＣＤを取り出した。

「美咲さんのものだと聞いたもので」

ＣＤを手渡された美咲は手で口を覆って「キャ」と声を上げた。

そこには、

『美咲さんへ　ご出産おめでとうございます』

というメッセージとアーティストのサインが書かれていた。

「ど、どうしたんすかこれ！」

健太が驚いて尋ねた。

「ああ、このボーカルの翔《しょう》なんですけど、僕の兄なんです」

一同、驚くというよりも呆れて言葉が出なかった。

「それにしても、部長、赤ちゃんはいないんですか？」

暖平が尋ねた。

「ん？　ああ。ずっと一緒にいるわけじゃねえんだよ。でもそろそろ連れてきてくれる頃じゃないか」

碧のその言葉とほぼ同時に、扉がノックされた。

「白藤さん。いろはちゃん連れてきましたよ」

看護師に抱っこされて、白い布に包まれた赤ん坊が部屋に入ってきた。

看護師はまっすぐ美咲のもとに向かい、赤ん坊を手渡した。

母親になったばかりなので恐る恐るではあるが、それでも生まれてから四日分の慣れを感じさせる手つきでそーっと受け取って、赤ん坊の顔を覗き込んだ。

目を閉じて眠っている。

「『いろは』って名前にしたんですか？」

普段は大声の健太も囁くような小さな声になった。

「ああ。まだ届け出てないけどな」

碧がそう言うと、

「よかったです。ちょっと心配してたんですよ。部長はネーミングのセンスがないですから」

と正範が言った。

被害者の会会員とも言える健太、そして暖平は激しく同意するかのように頷いた。

「まともなのは紅葉だけだからな」

健太の言葉に凜は、

「はあ？」

と不満を露わにした。

「秋に生まれて『りん』って音が鳴りそうだからじゃないのか？」

「部長がそんなまともな理由でつけると思うの？

うちの鉄板焼き屋のお隣が『スナック紅葉』なの。だから『音成屋紅葉』。ただのダジャレよ。そもそもあたし、五月五日のこどもの日生まれだし」

碧はそんなことどうでもいいとばかりに会話に参加せず、いろはを見つめてニヤニヤしていた。

すっかり父親の顔になっている。

「小さくって可愛いっすね」

暖平は碧に囁いた。

「そうだろ」

「でも、想像してた赤ん坊と違いました。まだ生まれて四日なんですよね。そんなふうには見えないっすよ」

「どう見えんだよ」

「どう見ても、生まれる前です」

碧は笑った。

「言うと思った」

「そう言ったら、タダの酒が飲めるって聞いたんで」

「こたつ。お前勉強好きだな。いい落語家になれるよ」

暖平は首を振った。

「いやぁ、あねさんに予習好きにしてもらいましたから。でも、どうやら人を笑わせるよりも、笑ってる人を撮ってる方が好きかもしれません」

「そうかい。なんでもいいよ。楽しくやれよ」

出会って、お互いに磨き合って、成長して、別れる。

そこに新しい命の誕生があって、そこからまたそれぞれの人生が始まる。
暖平は人と出会うことの素晴らしさを感じていた。

サゲ

桜の開花は例年通りらしいが、去年に比べると散るのが早い気がする。

キャンパス内の奥にある、ちょっとした広場に一本だけ立っている桜の木も、薄いピンク色の花びらだけでなく淡い緑の新芽がちらほらと交じっている。

芝生の上のレジャーシートには散った花びらがいくつか落ちている。

その真ん中に敷かれた座布団の上に落ちている花びらを払うと暖平は静かに正座した。

めくりには『文借亭門田《あやかりていもんだ》』と書かれている。

三月の卒業記念公演のあと最初の練習日、暖平は丸坊主にして四〇二教室に行って、正範、健太、凜を驚かせた。というよりも笑わせたのだが。

そして部長の「文借亭」をもらいたいと願い出た。

「いいんじゃないですか」

とあっさり正範からのOKが出た。

「ちょうどいいじゃん。前にも言ったんだけどさ、こたつの名前『門田《かどた》』だからその文字そのまま使って、『あやかりてえもんだ』にすれば？」

という健太の一言で下の名前は『もんだ』になった。

どうやら名前を変えてはいけないというルールはないらしい。

ということは、案外みんな自分の芸名を気に入っているということだろう。

もちろん暖平も『こたつ』に愛着があった。

でもそれ以上に、この落研に『文借亭』がいない寂しさの方が強かった。

それに『こたつ』はいなくなったわけではない。

暖平は、真っ白く閉ざされた部屋の中で外の世界を知りたいとウズウズしている、自分の脳に『こたつ』と名付けていた。

「これからもいろんな世界を見せてやるからな、『こたつ』」

と一人で会話しているのだ。

『文借亭門田』として最初の落語はどうしても、この桜の木の下でやりたかった。

暖平が碧と初めて出会った場所だ。

あの日の碧のような落語などできないのはわかっている。

でも、あの日自分は救われた。

同じように救ってほしい、いや救ってほしいということすら素直に言えない学生が、あらゆる部活やサークルの勧誘を通り抜けて一番奥のこの桜の木の下にふらふらと迷い込んでくるだろう。

強引に誘うつもりはない。でも自分と同じように、縁があれば、ここで人生が変わるのではないか。そう思うのだ。

暖平は目を閉じた。

春の冷たい風が緩やかに頰を撫でた。

深呼吸をする。

気分が良かった。

目を開けると十数メートル先に人が立っていた。

ウェーブのかかった明るい色のショートヘアの女子が、春物のコートのポケットに手を入れたまま こちらを見ていた。

「本城……」

二月三月とほとんど授業がなかったので、会うことがなかったが、ちょっと見ない間に雰囲気がまったく変わったように見えた。

美結と目が合って暖平は少し微笑んだ。

美結も笑みを返したが、どことなく悲しそうでもあった。

風が美結の髪を揺らし、桜の木から花びらをたくさん飛ばした。

「俺を見て笑って行きなよ」

そんな気持ちで暖平は頭を下げた。

「相変わらずの古い話でございます。

古いといえば、東京を江戸といった昔、江戸には江戸っ子と呼ばれる連中がおりまして」

暖平が落語を始めると正門の方からフラフラと歩いてくる、スーツを着た若者が見えた。

俯き加減で、この世の中、何も楽しいことなんてないと思っていそうな雰囲気がかつての自分のように見える。

「で、その江戸っ子って連中は、まあ、大変な強情っぱりが多かったそうでございまして……」

暖平は羽織紐を解いて、羽織を脱いだ。

「おい！」

新入生らしき男はその声に「ビクッ」と反応して振り返った。

「おい！　てめえ、うちの前を素通りはねえだろうよ」

男は思わず立ち止まった。おそらく自分に話しかけられたと勘違いしたんだろう。

春の風が地面に降り積もった桜の花びらを舞い上げた。

「おう、寄ってけよ」

新入生は自分に言われたと思って、

「いや、自分は」

と返事をしかけたが、暖平は構わず話を続けた。

「そうかい。じゃあ上がらしてもらうよ。いや俺ぁね、近頃塩梅がよくねえから、峰の灸ってやつを据えてきたんだよ」

新入生は、その声が自分にかけられたのではないことに気づき、思わず苦笑いをした。

ただ、暖平と目が合った手前、その場を立ち去るのは悪い気がしてその場に立ち止まってしまった。少し離れたところにいる美結と目が合ったようだ。二人はお互いに軽く会釈を交わすと、美結が先に目線を暖平に戻した。釣られて新入生も暖平の方を見た。

「この町内では俺がいの一番に据えようって思ってたんだよ。よりによっておめえに先こされたってぇのが悔しいねぇ。で、どうなんだい」

「どうもこうもねえよ。俺だから我慢できたんだぜ、あれは」

新入生の顔が少しだけ和らいだ気がした。

終

あとがき

以前から古典落語が好きで、落語が出てくる物語をいつかは書きたいと十年以上前から思っていました。それが「いつか」ではなく「これだ！」と、僕の中で形になったのは、令和四年九月二十三日、ふらっと入った浅草の寄席で古今亭文菊さんの落語に出逢ったときでした。そのときの衝撃がこの作品を生んだと言っても過言ではありません。どんな衝撃か？　それは是非寄席で実際に経験してみてください。その衝撃を体験できると同時に、この作品をより深く楽しむことができると思います。作品を書くにあたり、落語や演目についていろいろと教えてくださった文菊師匠、お仕事について詳細に教えてくださった前橋の角田《つのだ》写真館の角田一利さま、いつもお世話になっている粉屋の大将、そして編集の壷井円さんに心よりお礼申し上げます。

ありがとうございました。

令和五年八月二十三日

喜多川泰

本文内に登場した演目をご紹介します。いずれも滑稽で切なく、胸に沁みる噺ばかり。ご興味を持たれた方は、ぜひ寄席にお運びになってみてください。（編集部）

◆強情灸
灸の熱さなど平気だと自慢する友人に辟易した男は、自分の腕にも灸を据えてみせ…

◆やかん
知ったかぶりをする隠居にやり込められてばかりの八五郎は、ついに我慢しきれず…

◆目黒のさんま
庶民の食べるさんまの美味さを知った殿様がしたり顔をするが…

◆転宅
ある妾宅に忍び込んだ泥棒が家主に出会い、一杯食わされる…

◆金明竹
客あしらいが下手な小僧が店番をしていると、上方者がやってきて…

◆猫の皿
古美術を安値で買い叩く悪名高い旗師が、茶店の猫の餌入れ皿に目をつける…

◆抜け雀
持ち合わせがない絵師が、宿賃がわりに宿の衝立に絵を描き、置いていくという…

◆鰻の幇間
太鼓持ちの一八が通りすがりの旦那にヨイショして鰻をご馳走になるが…

◆茗荷宿
東海道で小さな宿屋を営む夫婦。客の百両に目が眩み…

◆文七元結
大金を無くし途方にくれる奉公人の文七に、通りがかりの長兵衛が声をかけ…

◆子ほめ
相手を煽ててただ酒を飲もうと目論む八五郎だが、そうは問屋が卸さない…

〈著者紹介〉
1970年生まれ。愛媛県出身。東京学芸大学卒。2005年から作家としての活動を開始。「喜多川ワールド」と呼ばれる独特の世界観は、小学生から80代まで幅広い年齢層の読者に愛され、その影響力は国内に止まらず、多数の作品が台湾・韓国・中国・ベトナム・タイでも翻訳・出版されている。執筆活動だけではなく全国各地で講演やセミナーも開催。出会った人の人生を変える講師として人気を博している。

本書は書き下ろしです。

おあとがよろしいようで

2023年10月 5 日　第1刷発行
2023年12月10日　第2刷発行

著者　喜多川泰

発行人　見城 徹
編集人　森下康樹
編集者　壷井 円

発行所　株式会社 幻冬舎
〒151-0051 東京都渋谷区千駄ヶ谷4-9-7
電話　03(5411)6211(編集)
03(5411)6222(営業)
公式HP　https://www.gentosha.co.jp/

印刷・製本所　株式会社 光邦

検印廃止

Printed in Japan
ISBN978-4-344-04171-4 C0093

この本に関するご意見・ご感想は、下記アンケートフォームからお寄せください。
https://www.gentosha.co.jp/e/